纪念李尔重同志诞辰一百周年

落红馆文丛

自选诗集

ZIXUANSHI JI

李尔重 著

武汉出版社
WUHAN PUBLISHING HOUSE

(鄂)新登字 08 号

图书在版编目(CIP)数据

自选诗集/李尔重著.—武汉:武汉出版社,2012.6
(落红馆文丛)
ISBN 978-7-5430-7074-5

Ⅰ.①自… Ⅱ.①李… Ⅲ.①诗集-中国-当代
Ⅳ.①I227

中国版本图书馆 CIP 数据核字(2012)第 129814 号

著　　者	李尔重
责任编辑	张建平
封面设计	沈力夫
出　　版	武汉出版社
社　　址	武汉市江汉区新华下路 103 号　　邮　编:430015
电　　话	(027)85606403　85600625
http	://www.whcbs.com　　E-mail:zbs@whcbs.com
印　　刷	武汉市首壹印务有限公司　　经　销:新华书店
开　　本	880mm×1230mm　1/32
印　　张	12.125　字数:243 千字　插 页:5
版　　次	2012 年 6 月第 1 版　2012 年 6 月第 1 次印刷
定　　价	38.00 元

版权所有·翻印必究
如有质量问题,由承印厂负责调换。

李尔重在家中书房里。

李尔重(中)与王任重(左)、孙乐宜在武汉东湖边。

李尔重(左)与朱德总司令在一起。

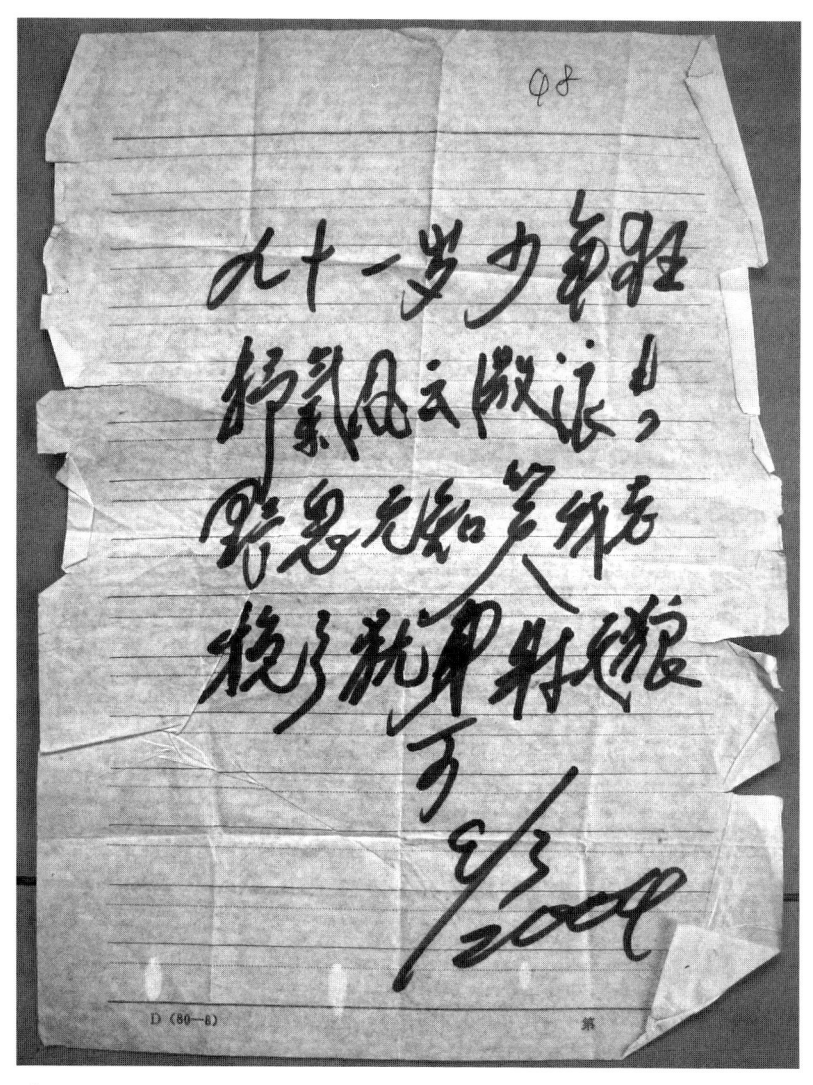

《九十一岁少年狂》手稿。

目 录

前 言 ·· (1)

纪 游 篇

1. 谒黄帝陵 ·· (3)
2. 马嵬坡怀古 ·· (4)
3. 乾陵无字碑 ·· (7)
4. 访唐山陶瓷厂 ······································ (9)
5. 夜去遵化路上喜遇春雨 ···························· (11)
6. 雨后东陵 ·· (12)
7. 过华山 ·· (13)
8. 探乾隆与慈禧之墓 ································ (14)
9. 坝上行 ·· (15)
10. 行坝上路过桃花丛中酒家 ························ (16)
11. 云州水库 ·· (17)
12. 承德避暑山庄 ···································· (18)
13. 黄粱梦庙 ·· (20)

14. 游承德 ……………………………………………… (21)

15. 邯郸烈士陵园 …………………………………… (22)

16. 承德离宫 ………………………………………… (23)

17. 地震后唐山新区 ………………………………… (24)

18. 雨后郊游 ………………………………………… (25)

19. 塞北行 …………………………………………… (26)

20. 太湖广福寺 ……………………………………… (27)

21. 太湖三山 ………………………………………… (28)

22. 蠡园 ……………………………………………… (29)

23. 潘家口水库 ……………………………………… (30)

24. 吊青冢 …………………………………………… (31)

25. 棒锤山 …………………………………………… (32)

26. 春到东湖 ………………………………………… (33)

27. 游崂山 …………………………………………… (34)

28. 月夜观海 ………………………………………… (35)

29. 万宁东山 ………………………………………… (36)

30. 赠端溪砚厂 ……………………………………… (37)

31. 湖光岩 …………………………………………… (38)

32. 东湖赏梅 ………………………………………… (39)

33. 横渡长江 ………………………………………… (40)

34. 登剑阁 …………………………………………… (41)

35. 黄鹤归来 ………………………………………… (42)

36. 长江颂 …………………………………………… (43)

37. 贵州行 …………………………………………… (44)

38. 黄果树 …………………………………………… (45)

39. 娄山关 …………………………………… (46)

40. 通山云中湖 ……………………………… (47)

41. 胶林曲 …………………………………… (48)

42. 开封 ……………………………………… (49)

43. 镇平山中 ………………………………… (50)

44. 商雒道上 ………………………………… (51)

45. 游华山 …………………………………… (52)

46. 咏咸宁金沙水库 ………………………… (56)

47. 咏三潭 …………………………………… (58)

48. 鹿回头之晨 ……………………………… (59)

49. 大东海游泳 ……………………………… (60)

50. 海滨之夕 ………………………………… (61)

51. 往万宁路上 ……………………………… (62)

52. 入万宁东山 ……………………………… (63)

53. 登文昌铜鼓峰观海 ……………………… (64)

54. 访羊城 …………………………………… (65)

55. 深圳 ……………………………………… (66)

56. 文昌椰林 ………………………………… (67)

57. 三亚 ……………………………………… (68)

58. 游武夷山 ………………………………… (69)

59. 东湖 ……………………………………… (70)

60. 咏洈水 …………………………………… (71)

61. 随阳山 …………………………………… (72)

62. 零陵朝阳洞 ……………………………… (73)

63. 夜登祝融峰 ……………………………… (74)

64. 再登祝融峰	(75)
65. 椰林夜静	(76)
66. 辉县百泉	(77)
67. 百泉外一首	(78)
68. 长江水	(79)
69. 洛阳龙门	(80)
70. 登湖北九宫山	(81)
71. 喷水岩	(82)
72. 再游龙胜县	(83)
73. 芦笛岩	(84)
74. 鱼峰山	(85)
75. 行经伊洛河观麦	(86)
76. 嵩县山中	(87)
77. 柞蚕肥	(88)
78. 苦雨	(89)
79. 苏仙岭	(90)
80. 行在春光里	(91)
81. 元春从化行	(92)
82. 住海南兴隆农场即兴	(93)
83. 黔西县百里杜鹃山	(94)
84. 大雁塔	(95)
85. 木兰山	(96)
86. 三峡大坝	(97)
87. 苍山观月	(98)
88. 过剑门	(99)

89. 井冈山 …………………………………… (100)
90. 丽江古城 ………………………………… (101)
91. 再登峨眉山 ……………………………… (102)
92. 九真山庄 ………………………………… (103)
93. 南华寺 …………………………………… (104)
94. 琴台 ……………………………………… (105)
95. 春情 ……………………………………… (106)

述 怀 篇

1. 初恋曲 …………………………………… (111)
2. 奋战羊山 ………………………………… (112)
3. 待友 ……………………………………… (113)
4. 紫花苜蓿铺满地 ………………………… (114)
5. 榆林县改沙造田 ………………………… (115)
6. 聪明与糊涂 ……………………………… (116)
7. 书法引 …………………………………… (117)
8. 警惕兰儿 ………………………………… (118)
9. 春信 ……………………………………… (119)
10. 拜访栗大娘之家 ………………………… (120)
11. 偶感(一) ………………………………… (124)
12. 斥邪 ……………………………………… (125)
13. 惜别 ……………………………………… (126)
14. 春时浇水 ………………………………… (127)
15. 咏竹 ……………………………………… (128)
16. 心迹 ……………………………………… (129)

17. 咏菊 …………………………………………… (130)
18. 吊髯翁 ………………………………………… (131)
19. 元旦自况 ……………………………………… (133)
20. 咏白碧桃 ……………………………………… (134)
21. 离休曲 ………………………………………… (136)
22. 琢景诗 ………………………………………… (137)
23. 庆祝武汉解放35周年 ………………………… (138)
24. 纪念全国解放35周年 ………………………… (139)
25. 纪念遵义会议50周年 ………………………… (140)
26. 《袁世凯演义》读后感 ………………………… (141)
27. 寄大同煤矿工人 ……………………………… (142)
28. 偶题 …………………………………………… (144)
29. 中秋节 ………………………………………… (145)
30. 思家 …………………………………………… (146)
31. 和李一夫同志 ………………………………… (147)
32. 除"四害" ……………………………………… (148)
33. 万民欢 ………………………………………… (150)
34. 除"四害"即兴 ………………………………… (151)
35. 粉身曲 ………………………………………… (152)
36. 经验 …………………………………………… (153)
37. 老将 …………………………………………… (154)
38. 快板 …………………………………………… (155)
39. 念友人 ………………………………………… (157)
40. 牡丹 …………………………………………… (158)
41. 赞郝梦龄烈士 ………………………………… (159)

- 42. 闻一多先生赞 …………………………………… (160)
- 43. 感时 …………………………………………… (161)
- 44. 真经 …………………………………………… (162)
- 45. 偶感(二) ……………………………………… (163)
- 46. 示儿孙 ………………………………………… (164)
- 47. 咱是中国人 …………………………………… (165)
- 48. 领屈原特别奖 ………………………………… (166)
- 49. 赏菊 …………………………………………… (167)
- 50. 年年都有风和雨 ……………………………… (168)
- 51. 横渡长江 ……………………………………… (169)
- 52. 有所思 ………………………………………… (170)
- 53. 重九即兴 ……………………………………… (172)
- 54. 喜看今朝华夏妍 ……………………………… (174)
- 55. 辞岁有感 ……………………………………… (175)
- 56. 纪念抗日战争胜利五十周年 ………………… (176)
- 57. 咏梅(一) ……………………………………… (178)
- 58. 咏梅(二) ……………………………………… (179)
- 59. 咏梅(三) ……………………………………… (180)
- 60. 咏梅(四) ……………………………………… (181)
- 61. 咏梅(五) ……………………………………… (182)
- 62. 咏梅(六) ……………………………………… (183)
- 63. 咏梅(七) ……………………………………… (184)
- 64. 牢骚 …………………………………………… (185)
- 65. 君不见 ………………………………………… (187)
- 66. 春日饮茶 ……………………………………… (189)

67. 庆香港回归 …………………………………………… (190)
68. 庆澳门回归 …………………………………………… (192)
69. 迎新年 ………………………………………………… (193)
70. 八十述怀 ……………………………………………… (195)
71. 寂寞 …………………………………………………… (196)
72. 春看紫燕飞 …………………………………………… (197)
73. 除夕有感 ……………………………………………… (198)
74. 家中送来旧被一条 …………………………………… (199)
75. 上草干校 ……………………………………………… (200)
76. 斥无赖乞儿 …………………………………………… (201)
77. 纪念黄遵宪先生当代书画艺术国际展览 ……… (202)
78. 无题 …………………………………………………… (203)
79. 旧友雅叙 ……………………………………………… (204)
80. 致鸡西县领导 ………………………………………… (205)
81. 横渡长江 ……………………………………………… (206)
82. 想起了两论之功 ……………………………………… (207)
83. 杂感 …………………………………………………… (210)
84. 偶感(三) ……………………………………………… (211)
85. 九十述怀(一) ………………………………………… (212)
86. 九十述怀(二) ………………………………………… (214)
87. 再拜延安 ……………………………………………… (215)
88. 咏梅(八) ……………………………………………… (216)
89. 喜见梅开 ……………………………………………… (217)
90. 读诗友书简 …………………………………………… (218)
91. 我爱银球盖世飞 ……………………………………… (219)

92. 革命从来伴死生 ………………………………… (220)
93. 新春咏梅 ………………………………………… (221)
94. 秋意 ……………………………………………… (222)
95. 九十一岁少年狂 ………………………………… (223)
96. 独坐 ……………………………………………… (224)
97. 哀梦吟 …………………………………………… (225)

题 赠 篇

1. 题曹雪芹故居 …………………………………… (229)
2. 酬周哲文赠章诗 ………………………………… (230)
3. 题大雁塔 ………………………………………… (231)
4. 题陡河电站 ……………………………………… (232)
5. 题小雁塔 ………………………………………… (233)
6. 祝终南印社成立之喜 …………………………… (234)
7. 献中国美协河北分会第一次会员代表大会 …… (235)
8. 见旧时战友 ……………………………………… (236)
9. 题田辛甫画册 …………………………………… (237)
10. 赠幼儿教师 ……………………………………… (238)
11. 题《聊斋志异》 ………………………………… (239)
12. 题赠聂茸 ………………………………………… (241)
13. 题邯郸烈士陵园 ………………………………… (242)
14. 题邯郸学步桥 …………………………………… (243)
15. 欢迎日本琦玉县代表团 ………………………… (244)
16. 题葫芦 …………………………………………… (245)
17. 题雨花台烈士诗册 ……………………………… (246)

18. 赠农业科技双代会 …………………………… (248)
19. 题王雪涛画册 ………………………………… (249)
20. 寄苏烈同志 …………………………………… (250)
21. 致某某同志 …………………………………… (251)
22. 送香港冀鲁豫同乡会樊敏光先生 …………… (253)
23. 致刘秉彦同志 ………………………………… (254)
24. 赠湖北书协 …………………………………… (255)
25. 题画 …………………………………………… (256)
26. 题《主力军》杂志 …………………………… (257)
27. 致辽宁《老年之友》 ………………………… (258)
28. 题赠《血沃中原》 …………………………… (259)
29. 献给六一儿童节 ……………………………… (260)
30. 题雨花台陵园 ………………………………… (261)
31. 题赠乡土戏剧 ………………………………… (262)
32. 辞别日本友人荒卷先生 ……………………… (263)
33. 致九州深田光灵君 …………………………… (264)
34. 题闯王墓 ……………………………………… (265)
35. 对联 …………………………………………… (266)
36. 忆王国兴 ……………………………………… (269)
37. 赠刘志坚主任 ………………………………… (270)
38. 赠郭维城同志 ………………………………… (271)
39. 赠魏传统同志 ………………………………… (272)
40. 赠张爱萍同志 ………………………………… (273)
41. 致李了同志 …………………………………… (274)
42. 题画（二） …………………………………… (275)

43. 赞东湖名茶 ……………………………………… (276)
44. 咏宣恩绿茶 ……………………………………… (278)
45. 祝贺英山茶叶节 ………………………………… (279)
46. 陆羽二题 ………………………………………… (280)
47. 题五峰水尽司水仙玉茗 ………………………… (281)
48. 茶解百毒自古传 ………………………………… (282)
49. 题金圣叹 ………………………………………… (283)

颂 歌 篇

1. 庆祝武汉长江大桥落成 ………………………… (287)
2. 贺武钢一号高炉建成出铁 ……………………… (289)
3. 战斗吧,埃及的弟兄们 …………………………… (291)
4. 学习巨人的榜样 ………………………………… (292)
5. 抢救驳船 ………………………………………… (296)
6. 纪念武汉解放十周年 …………………………… (299)
7. 庆贺火箭发射成功 ……………………………… (301)
8. 欢迎下乡同志归来 ……………………………… (302)
9. 跃进的巨龙 ……………………………………… (303)
10. 看乌兰诺娃舞蹈 ………………………………… (305)
11. 丹江诗抄 ………………………………………… (307)
12. 省委一声号令 …………………………………… (310)
13. 他们多么灿烂辉煌 ……………………………… (312)
14. 抢建百里长渠之歌(民歌) ……………………… (315)
15. 于兴庆公园庆祝"五一"劳动节 ………………… (317)
16. 致湖北老年大学校友诗社 ……………………… (318)

17. 赞关肃霜等九同志义行歌 …………………… (319)
18. 赞掏粪工人张振盘 …………………………… (322)
19. 赞苏州工人杜芸芸 …………………………… (327)
20. 抗洪歌 ………………………………………… (331)
21. 白衣战士之歌 ………………………………… (333)

祭奠篇

1. 毛主席诞辰百年祭 …………………………… (337)
2. 缅怀人民的儿子——周总理 ………………… (339)
3. 清明节悼念周总理 …………………………… (342)
4. 悼周总理 ……………………………………… (345)
5. 人民的好儿子 ………………………………… (347)
6. 悼邓小平同志 ………………………………… (348)
7. 悼先念同志挽联 ……………………………… (351)
8. 悼聂荣臻元帅 ………………………………… (352)
9. 纪念"二·七"革命烈士 ……………………… (353)
10. 悼王克文同志 ………………………………… (355)
11. 悼陈再道同志 ………………………………… (357)
12. 悼"一·二"灭火八烈士 ……………………… (358)
13. 悼辛初同志 …………………………………… (360)
14. 吊屈原 ………………………………………… (361)
15. 悼邵云环、许杏虎、朱颖三烈士 …………… (362)
16. 为先念同志扫墓 ……………………………… (364)
17. 怀念康立木同志 ……………………………… (365)
18. 毛主席逝世25周年祭 ………………………… (366)

19. 悼潘振武同志挽联 …………………………………（368）

后　记 ……………………………………………………（369）

前　言

我的诗,很不像诗;有几首像诗之作,其实是最不称心的。通观所写过的诗,我个人认为最称心之作,就是最不像诗的,如《赞关肃霜等九同志义行歌》、《掏粪工人张振盘赞》、《赞苏州工人杜芸芸》等几篇。

既然如此,为什么要出版?原因很简单,因为像诗的佳作太多,所以,不像诗的拙作,便成了稀有之物。

全唐诗九百卷收集了二千二百余人诗作,共四万八千九百余首,独未把脍炙人口的王梵志诗(现已集得三百余首)收录在内。在敦煌石窟中有幸保留了他的诗的抄本残卷,后经人从别的书卷中又捡得多篇,才有今日的王梵志诗集。这已是千年以后的事了。收集全唐诗时为什么不收集王梵志的诗,我想可能有两个原因:第一,他的诗棱角分明,针砭时弊者太甚;第二,他的诗比之李、杜、白、元之作,实在显得大俗鄙了,既不讲韵,又用白话,难登大雅之堂。但因为他说的是人间话,是人的心声,所以人民还是喜爱它的。人民保存了它。那些说神仙话的诗,反而在民间没有生根。

我的诗,在俗气这点上,愿向王梵志效颦;在质的方面,不敢跟他媲美。尽力地道出心声,还是真的,这是符合于"诗言志"之意的。

歌有"阳春白雪"与"下里巴人"之别;我的诗,作为前者是不合格的,作为后者是可入列的。君子不必取,庶人可以吭吭行之,作为俚歌可也。

2005年12月于落红馆

纪 游 篇

1. 谒黄帝陵

桥山起处黄帝陵,
翠柏龙盘千古雄。
沮水一湾流水在,
子孙十亿叶常青。
英雄自有英雄业,
虫豸由来虫豸宗。
莫道神州曾弱老,
寰中最佳一枝红。

     1978 年 6 月 30 日

2. 马嵬坡①怀古

马嵬坡前麦浪长,
一抔黄土掩凄凉。
千年祸水说杨氏,
百代诗传讳大王。
自是昏庸招战乱,
何当贱女受诛亡?
路人凭吊伶仃墓,
荒草白杨对断墙。

马嵬坡前一抔土,
白杨萧瑟埋艳骨。
人人都数杨妃罪,
世世谁说妃嫔苦。
下陈寿王未有名,
隆基夺色笼中捕。

---

① 我在陕西工作时到马嵬坡,见杨贵妃墓残破已极,过客多笑此零落之象。我与马嵬坡大队商定,修整杨妃墓,参观者收票费,以为大队一项收入。《人民日报》曾对此事评为不当。于今修庙拜佛者多矣,又当如何?

后宫佳丽三千人,
笼鸟三千一凤舞。

卖笑施恩日日多。
杨妃忘却贱身薄。
锦衣玉食挥如泥,
画栋雕梁当草窝。
天府荔枝可爽口,
万千黔首若奔波。
弟兄姐妹居权位,
乐死杨门百姓火。

昏聩明皇忘国艰,
骄奢淫逸史无前。
虫生物腐有规律,
外藩权倾自禄山。
渔阳鼙鼓惊天响,
吓坏道家沉醉仙。
趔趄西行奔蜀道,
驾到马嵬军不前。

六军不进气沉沉,
逃命昏王哪理论?
昨夜温存无限意,
今朝翻做勾魂君。
白绫五尺系娇颈,
云雾一天罩亡魂。
水冷秋江红粉坠,

隆基喜得替罪人。

凄凉荒冢越千年,
衰草白杨雪雨涟。
闲客牧童日日过,
史前高士年年玩。
都说女子是祸水,
谁道明皇启罪端?
再造新坟应有慰,
人民公论总不偏。

1979 年 5 月

3. 乾陵无字碑[①]

一

巾帼英雄何处寻？
乾陵松柏已森森。
世民曾做闲花采，
李治好倚乾国勤。
千载腐儒骂下贱，
一人妩媚鉴真新。
流连低徊埋陵地，
无字高碑响清音。

1979 年

[①] 武则天墓前立有无字碑一块，据说武则天留此碑之意，在于让后人评其功过，此人之气魄可观也。

二

无字碑前列战云，
是非敢问万代人。
董狐千载难一见，
反正于今有万民。

1979 年

4. 访唐山陶瓷厂

一

千红万紫炉中春,
火炼鲜花朵朵新。
无端震灾逞凶孽,
偏逢鬼域①乱乾坤。
天崩地裂沉云黑,
房倒屋塌碧血殷。
断瓦颓垣痛肺腑,
哪堪凉月照英魂。

二

中华儿女志高昂,
魔难压头砺刚强。
地动山摇残朽木,

---

① "鬼域"指四人帮作祟。

心坚志壮造天堂。
新炉新灶新花色,
高艺高人高节扬。
烂漫新颜换旧貌,
五洲争赞蓓蕾香。

1980年4月7日

5. 夜去遵化路上喜遇春雨

飞车破雾入燕山，
喜得天公洗尘烟。
万点跳珠随地落，
无量玉屑洒天边。
麦苗应已棵棵笑，
蚯蚓兴来声声喧。
疲困缠身犹畅快，
如油春雨倍香甜。

1980年4月7日

6. 雨后游东陵

昨宵春雨惠，
爽洗东陵翠；
水暖乐群鸭，
风轻听鹤唳；
桃花欲绽蕾，
柳带正舒瑞；
悠悠出岫云，
漫戏燕山背。

7. 过华山

太白崛起蜀道难,
华岳群峰画面鲜。
点点山山皆俊丽,
花花树树尽欢颜。
东风吹处人入画,
秋叶红时朱染山。
我自出山已越岁,
游魂犹在莲花巅。

8. 探乾隆与慈禧之墓

宫墙护墓群，
寂寞柏森森；
步步踏金波，
石石见血痕；
无名艺作者，
万代新传人；
莫道帝王大，
胜天是人民。

1980 年 4 月 8 日

9. 坝上[①]行

风伯施威尘沙扬,
驱车五月坝上翔。
残冰滴水传春意,
新草绽芽舒妤香。
大漠无边忆飞将,
青山何处埋玉嫱?
英魂泉下若还在,
应看桃花斗飞霜。

1980 年 5 月 18 日

[①] 坝上春晚,桃花开时,仍有余霜。坝上,位于张家口北,一个斜坡划开南北气候之界,坝上之春比坝下晚了一个季节。

10. 行坝上路过桃花丛中酒家

千峰叠嶂野花新,
广路四环逐碧云。
我欲携春饮绿茗,
桃花迎客绽红唇。

1980 年 8 月 18 日

11. 云州水库

舍身大士舍身崖①,
忠义一门忠骨埋。
峰剑插天标壮烈,
清流迴地绕悲怀。
平湖高峡乾坤变,
沃野平畴幸福来。
往事新功增快意,
山花烂漫多景台。

1980 年 5 月 18 日

---

① 云州水库之坝头双峰指天,旁有悬崖危立,名舍身崖。据说当年有一大将守边,奋战殉国,全家不屈跳崖全节。

12. 承德避暑山庄

飞沙瀚漫塞外天，
雨浥轻尘路回环。
酷热征人思凉爽，
江南北国走良园。
抢来地府一湾水，
偷得桂林数点山。
仿裁苏州拙政景，
效颦西子荷池妍。
曲廊画阁嫔妃戏，
红壁殿堂帝子玩。
剔透奇石伴古木，
含烟杨柳啼杜鹃。
庄严八庙鬼神聚，
怀远一心足智烂。
不尽游人来复去，
无边花草淡而鲜。
静观云水无形迹，
闲读御桌卖国篇。
步步数来封建业，

闸门因袭莫轻看。

1980年8月7日

13. 黄粱梦庙

黄粱梦破好凄凉，
贫道寒生在哪方？
多少明公笑酣梦，
万千贤圣入黄粱。
自知自胜真难得，
我梦我明费思量。
踏破黄粱立梦外，
平康处处任翱翔。

1980 年 8 月 7 日

14. 游承德

山庄可避暑,
庙宇好参禅。
我来人间世,
谁解天外天?
守经不登道,
真法乃成仙。
悟得不争席,
二十五有①歼。

1980 年 10 月 4 日

---

① 坏二十五有:欲十四有,色界七有,无色界四有,总称二十五有。

15. 邯郸烈士陵园

刀山火海战云浓,
无数英雄立战功。
血沃山河肥劲草,
神传万代壮良风。
前人已自全功尽,
后死依然在阵中。
历史从来多曲径,
丹心岂惧难重重。

1980 年 10 月 7 日

16. 承德离宫

离宫偷水又偷山,
山水偷来造天园。
烟雨楼前堆锦色,
金山亭内写诗篇。
观鱼引我忘人境,
恋梅趋众入画边。
喜得孟冬天气好,
松青水静归雁南。

1980 年 10 月

17. 地震后唐山新区

颓垣乱瓦残斑在,
震后余痕实可怜。
面对砖头看凝血,
心疼亡友惹泪澜。
高楼特起容颜美,
秀屋叠来新景妍。
人定胜天金玉语,
艰难脚下造江山。

1980 年

18. 雨后郊游

昨宵惠雨注,
欣往春田路。
万顷绿波开,
遍天仙女顾。
人间比天上,
瑶台逊民屋。
莫说仙居好,
何如此地住。

1981 年 3 月

19. 塞北行

从来出塞总为难,
况是清秋燕麦殚。
岁岁青冢春到晚,
年年北雁早飞南。
薄寒入梦惊冰雪,
午热温身好睡眠。
喜跨征鞍出坝上,
山花烂熳胜春天。

1985 年 8 月 21 日

20. 太湖广福寺

弥勒金刚自有天,
竹林掩映起香烟。
佛说寂静空无色,
犹见花钱买福缘。

1981年11月15日

21. 太湖三山

一片晴光耀大地，
金鳞蹟涌泛波澜。
湖中兀立三山处，
蓬海蓬山焕云烟。

1981 年 11 月 15 日

22. 蠡园

不尽游人杂沓行,
丹红扑面太湖晴。
盘山看水寻幽静,
怎比蠡园池水清?

    1985 年 11 月 15 日

23. 潘家口水库

世上无难事,
只要敢登攀。
一派英雄业,
双拳斗地天。
夺来天河水,
造就满山泉。
高峡平湖出,
遍野欢声喧。

1981 年 12 月 24 日

24. 吊青冢

铁马金戈战阵频,
白沙荒草骨嶙嶙。
英雄多少夸威武,
谁护王嫱一缕魂。

1981 年 8 月 29 日

25. 棒锤山

棒锤山，
尖尖尖；
刺破天，
锷未残。
朝迎金箭纷纷落，
暮绕霞红片片旋。
总是补天余垒在，
狂风骤雨斗万年。

26. 春到东湖

春满枝头鸟语香,
天温碧水飞鱼翔。
薰风轻拂芦芽壮,
几曲落梅竞渡忙。

1983年4月

27. 游崂山

崂山嶙峋鬼工裁,
万态千姿入画来。
累累蟠桃增寿意,
遮天银杏引凤回。
晴光碧海开心地,
飞瀑清流缀绿苔。
松下濯缨多丽水,
秦皇何事觅蓬莱。

1980 年 7 月

28. 月夜观海

落日西山去,
冰轮入镜来。
游龙翻锦绣,
堆雪逐波白。
玉屑飞石畔,
海风漱尘埃。
心宽万物渺,
忘我自清怀。

1983 年 8 月 14 日

29. 万宁东山[①]

云霞出海尾,
丽景壮东山。
珠跳含烟树,
金熔九曲川。
竹摇石弄影,
月落水生寒。
最美清幽境,
林中屋几间。

[①] 东山位于海南岛万宁县。

30. 赠端溪砚厂

石髓万年化石魂，
羚羊水碧藏龙君。
天工妙手千般巧，
墨海飞鱼幻紫云。

31. 湖光岩

湖光山色自清新,
如蚁游人探胜勤。
敢问美景何处是,
白云笼罩水粼粼。

1983年11月

32. 东湖赏梅

天成铁骨立乾坤,
香雅为魂玉作身。
不羡群芳斗艳节,
迎霜傲雪缀寒春。

1984年8月9日

33. 横渡长江

累万少年渡长江,
老夫①奋起壮心肠。
等闲击水三千尺,
也与少年争短长。

1984年8月

---

① 时年八十一岁。

34. 登剑阁

车拥残云登剑阁,
神随峰峦看雄关。
峭石壁立铁屏障,
栈道残存古道难。

1984年5月

35. 黄鹤归来

槛外长江天外楼,
摘星揽月拂云流。
风光逐岁添春色,
佳气蒸腾焕运猷。
百代兴亡随水逝,
于今壮丽指日修。
东风舞鹤花争艳,
神女翩翩下九州。

1985 年 4 月 25 日

36. 长江颂

冬云压雪雪压山,
西极昆仑处处泉。
滴水涓涓汇九派,
文彩滔滔焕千年。
高峡峭壁遮不住,
万里惊涛涌向前。
任是沧桑来复去,
长江代代总天然。

1985 年 9 月 22 日

37. 贵州行

奇峰耸翠舞云中,
绿水漂罗舒气清。
飞练横空洒玉屑,
雄关浴血映天红。
龙宫水暖石花茂,
遵义灯明万里晴。
莫道崎岖山路险,
从来斩棘辟征程。

1986 年 5 月 28 日

38. 黄果树

织女机丝飞白练,
腾龙滚浪逐绿珠。
寒潭涌月耀山翠,
高峡飞虹看画图。

1986 年 6 月 1 日

39. 娄山关

一线高路入云端，
星星之火已燎原。
英风长盛比劲草，
缔造江山万景妍。

1986 年 6 月 2 日

40. 通山云中湖

水碧堪采玉,
溪清好洗心。
渊明应结舍,
子期可听琴。
佳气漫无影,
银河泄有音。
流连攀古木,
款款踏绿茵。

1986 年 8 月 24 日

41. 胶林曲

斩除荆棘拓景新①,
琼枝玉树万里荫。
繁星滚动胶林乳,
玉碗翻落桶里银。
飞脚踢动群山舞,
黎歌和来百鸟音。
晨风栉发骄阳里,
凉露洗面常清神。

1976 年 10 月于海南岛

---

① 伐掉了大量原始森林,改种胶树。青年工人每日上午五时入林割胶,上午七时把胶碗的胶水倒入桶中,担起担子,唱着歌儿,回去吃早饭。

42. 开封

欣游相国寺，
喜上禹王台。
烟染桐花紫，
香因玫瑰回。
柳舒柔意媚，
塔耸去天开。
此景真个好，
明年应再来。

1977年4月

43. 镇平山中

风伯驰车入云烟,
千峰刺破天外天。
谷底已是春花烂,
山头犹自玉龙翻。
春秋冬夏随时变,
杨柳松杉任意鲜。
恶水穷山已往事,
于今何处不桃源!

1978 年 4 月 21 日

44. 商雒道山

千重秀岑自芬芳,
处处迎来好春光。
九里香飘香九里,
十样锦缀锦十方。
悠悠绿水青罗带,
不尽青山好画廊。
今日等闲信步走,
天高气暖爽心肠。

1978 年 5 月

45. 游华山

1978年我以65岁之身,登上华山,遍游五峰,仰观化日之长天,俯视秀丽之大地,东风浩荡,气象万千,兴之所至,遂成数首。

西峰(又名莲花峰)

飞来南海一枝莲
落地成峰秀色妍。
遍体玲珑天缕玉,
削崖危耸地生烟。
晴天素女婷婷立,
飘雾嫦娥步步娴。
最喜朝霞东海起,
金融朱墨画春山。

仰天池畔[①]

仰天池畔舞天风,

---

① 仰天池在南峰之巅。

拜倒群峰自峥嵘。
丹灶①已残留遗迹,
苍松不老有秀容。
白云织得轻纱细,
重霜染成橡叶红。
若问南峰何处美,
宜风宜雨又宜风。

龙池②

无根树下有龙池,
肖史箫声引凤时。
神话传来谁作证?
游人乐得自为词。
千樟老树穿石起,
一脉景光惹步迟。
往事如烟任散落,
满山红叶正宜诗。

东峰

下棋亭③北是东峰,

---

① 传说原老子炼丹处。
② 传说秦穆公女弄玉与肖史相恋处。
③ 相传赵匡胤与陈希夷在此处下棋,赵匡胤把华山输给了陈希夷。

"鹞子翻身"①最险凶。
磨难从来开智慧,
华山智取第一功。

北峰

苍龙岭上有奇观,
耸立北峰碧玉簪。
千尺幢前壁上走,
五云峰下擦耳悬。
斗鸡岭上鸡换架②,
金锁关外投书岩③。
青柯坪开步步险,
奇景连连看不完。

仙掌岩

擎天仙掌最奇峰,
翠黛含春玛瑙容。
一笔削成千丈壁,
群松舞得万条龙。

---

① "鹞子翻身"是华山上一条常人不敢走的绝险之路,解放战争中,国民党残军扼守了所有华山路口,认为此处无人能过,解放军正好越过此路,歼灭了敌人。

② 五云峰有擦耳岩,斗鸡岭上有"鸡换架",都是险要绝境。

③ 投书岩:相传韩愈登上华山,下山时到了金锁关,两侧峭壁如削,惧不敢前,投书山下,才得救援。

长天捧出一轮月,
空谷传来万瀑声。
谁见巨灵开两仪,
只今圣手夺天功。

1978 年

46. 咏咸宁金沙水库

（一）

丽日清风正好时，
几人垂钓碧云池。
重山叠彩无师画，
空谷流泉有韵诗。

（二）

重重楼阁重重山，
树树浓荫树树烟。
最是清风吹雨过，
鸟歌泉语艳阳天。

（三）

堤上犁牛缓步行，
水中鱼戏兴自浓。

竹林藏屋谁归隐?
袅袅炊烟夕照红。

     1988年6月24日

47. 咏三潭

流水何涓涓
青风蔚地天。
行云任往返,
飞鸟自蹁跹。
绿草织茵美,
山花缀锦鲜。
清幽人静处,
最喜听琴泉。

1989 年 9 月

48. 鹿回头之晨

椰林旭日千峰艳,
碧海流波万里晴。
戏水群鸿帘外画,
生情鸟语性中灵。
曾说鹿儿化佳丽,
谁见鬼哭不悸情。
凤扫残云丽日现,
展眉瞬目看飞虹。

1988年1月25日

49. 大东海游泳

细波送我悠悠去，
山影绕身点点来。
举目高天云幻狗，
展臂舒腰呼快哉。

1988 年 1 月 28 日

50. 海滨之夕

落日衔山去，
蟾光迎我来。
金珠凭海跳，
忘我自开怀。

1988 年 1 月 25 日

51. 往万宁路上

一路行来草色浓,
茫茫云雾罩征程。
寻芳何必问多少,
万绿丛中几点红。

1988年1月26日

52. 入万宁东山

拂云劈雾入东山,
最爱林中屋几间。
清水一泓云映影,
石洞数室可参禅。
小庵深处空无主,
大海波高涌万端。
一夜醉乡梦里梦,
心中堆满鬼狐禅。

1988年1月26日

53. 登文昌铜鼓峰观海

浪来堆白雪
浪去逐飞花
海水接天岸
一峰挂晚霞。

1994年11月9日

54. 访羊城

丁丑来羊城,
羊城好热闹。
金橘展笑颜,
秀水看鱼跃。
室暖水仙香,
风轻细雨妙。
旧年除夕时,
不尽彩灯俏。

55. 深圳

碧海无边绕市厘,
高楼如笋穿云端。
荒芜犹忆旧时地,
俏丽画出今日篇。
已有新园增好景,
更无垃圾污素绢。
晴空万里白云远,
兀坐林间听鸟喧。

56. 文昌椰林

林深养寂静,
叶密掩霞辉。
我在结庐处,
几人话薯葵。

1994 年 11 月 9 日

57. 三亚

碧海椰林记忆新，
打球游水铸友情。
老来重游琼崖地，
望断浪花浴晚风。

1994 年 11 月 10 日

58. 游武夷山

武夷百二里,
处处有奇观。
云海浮蓬岛,
朝霞映玉簪。
青罗秀水带,
竹排最轻船。
篙动群峰舞,
江声喝岸迁。
长啸万壑应,
鸟语啭林间。
人在画中走,
鱼翔浅底边。
樵夫指点意,
无处不仙源。

59. 东湖

晴

丽日晴光满湖银,
涟涟水影跃锦鳞。
孤亭托起胥元关,
绿柳斜阳任歌吟。

雨

满湖烟雨锁春山,
弱柳青青系钓船。
玫瑰兴心含露笑,
荷芽得意冒尖尖。

1989 年 7 月

60. 咏沧水

绿玉出天镜,
縠纹烂锦丝。
白云山数点,
凉月水一池。
举手邀归鹤,
烹鱼斗酒卮。
画里行舟处,
诗边就梦时。

1986年9月2日

61. 随阳山

杜鹃如火映山红,
鸟语空山此境清。
巧得当年肥笋壮,
喜开浓雾秀峰明。
流香十里山风动,
争艳百花新雨晴。
自有随阳千样景,
茂林修竹一片青。

1960年5月

62. 零陵朝阳洞[①]

朝阳洞口倚江开,
石笋峥嵘鬼工裁。
翠麦黄花铺满地,
清香丽日乐溶怀。
轻风无语剪新叶,
古洞有声润素彩。
满目题诗观不尽,
悠悠萧水九嶷来。

1961年7月

---

① 零陵朝阳洞,在湖南零陵,柳宗元曾游此地。

63. 夜登祝融峰[①]

雾失群山貌，
影画山径娇。
松青明月静，
风细虫声嚣，
缓步身还热，
谐趣语转骚。
极峰十五里，
益步益逍遥。

---

① 1961年8月15日之夜,携数同志夜登祝融峰,待览日出。

64. 再登祝融峰

祝融峰险插天裁,
万壑千山眼底排。
云马绕身莽莽去,
凉风可意匆匆来。
开合云雾幻境界,
纷乱投石画景台。
莫道天高难探索,
满箩星斗任人摘。

1962年8月

65. 椰林夜静

风定日沉椰树睡，
百花无语暗香飘。
轻波摇月凝金雨，
疏影映墙展画条。
宿鸟相偎轻语暖，
青山肃穆晚景遥。
水接天幕压大地，
自在流萤任意飘。

1962 年 2 月 15 日

66. 辉县百泉

遍山葱翠遍山园,
处处柳绿处处泉。
鱼戏明珠沉水乐,
人浸玉液总香甜。
清泉濯尽心田垢,
众鸟飞出谷底天。
高阁晴辉①邻古木,
一天云锦落桥边。

1962 年 8 月 19 日

---

① 晴辉阁位于百泉。

67. 百泉外一首

苏门①秀色汇百泉,
玉液跳珠柳舒烟。
宁静自无闲垢扰,
水清岂有秽污缠。
飞虹桥下鱼弄影,
晴辉阁侧鸟斗蝉。
杯酒未干人已醉,
啸台②高耸晚霞开。

1962 年 8 月 9 日

---

① 苏门,山名,在百泉之侧。
② 啸台,在苏门山上,据说是阮籍长居之处。

68. 长江水
——伴毛主席游长江

长江水,
漫漫流,
一位巨人水上游,
满江鱼虾都欢喜,
长天飞鹤也点头。

长江水,
碧油油,
我陪领袖逍遥游,
任他狂风摇巨浪,
劈波斩浪自悠悠。

长江水,
向东流,
转眼过了黄鹤楼,
长桥卧波通天堑,
极目白云楚天收。

1962年6月24日

69. 洛阳龙门

信步登山玩丽泉,
龙门秀色雨含烟。
拂云静对香山墓,
诗意迎来伊水涟。
双壁劈开阙塞地,
一桥飞锁洛阳天。
鬼工圣迹今犹在,
无限宝藏裕后人。

1962年8月27日

70. 登湖北九宫山

铜鼓峰①头立,
云棉脚下排。
草伏狂风舞,
人惊云马来。
流光辉远黛,
紫气漫青苔。
遥望闯王墓,
徘徊复徘徊。

1962 年 11 月

---

① 铜鼓峰是九宫山顶峰,海拔 1546 米。

71. 喷水岩

晴空飞雪总绵绵,
喜看银河落九天。
白练千寻飘广袖,
龙吟一曲荡无边。
凉压酷暑乔根茂,
水卷乱石壮波澜。
归雁横空寂寂去,
已忘身在悬崖边。

1962 年 9 月 21 日

72. 再游龙胜县

漫山寒谷滴滴翠,
闲静清幽汩汩声。
绿水环山山入水,
白云穿户户拥云。

1962 年 11 月 15 日

73. 芦笛岩[①]

石工天遣刻千年,
万种风姿万种天。
飞丝漫飘云浪幕,
石珠巧缀百花园。
虫鱼鸟兽随缘画,
罗汉菩萨信地禅。
栏路怪石疑绝地,
抬头却见浩然天。

1962 年 11 月 18 日

[①] 芦笛岩在广西桂林。

74. 鱼峰山①

嵯峨嶙峋鱼峰山,
一线云梯指碧天。
罗带横铺柳水碧,
鞍山浪起烂石棉。
千株古木护潭水,
三姐英姿跃人间。
轻步山头斜日暮,
丰歌送我下灵山。

1962 年 11 月 26 日

---

① 鱼峰山,在广西柳州,传说是刘三组跳潭骑鱼升天处。

75. 行经伊洛河川观麦

无边原野任倘佯，
佳气清新处处香。
可意风来千里浪，
宜人日暖万担粮。
连天云锦新苗起，
盖地金光麦穗扬。
老少社员满面笑，
无须燕子报吉样。

1963 年 3 月 22 日

76. 嵩县山中

万峰叠浪起云间,
遍地生烟失众山。
才是飞霞泛秀峦,
又惊滔雨漫河滩。
在山泉水湛然绿,
出谷奔涛卷地玄。
最是山情多变化,
乍晴乍雨暖兼寒。

      1963 年 5 月

77. 柞蚕肥

柞树荫浓小满天，
叶肥枝嫩好养蚕。
晶莹透彻黄金体，
嫩翠清新玛瑙团。
自有蚕官勤护理，
才无百害任纠缠。
要知勤俭价多少，
蚕丝如埠绸成山。

1963年5月

78. 苦雨

进山日日雨,
点点复滴滴。
低头愁伤麦,
敛翅看湿鸡。
云掩群山貌,
浪浑众水溪。
南亩频怅望,
春蚕勤护宜。
雨多草更茂,
雾重鸟怯啼。
户户心愁重,
人人问霁期。

1963 年 5 月

79. 苏仙岭①

万木苍苍插天栽，
仙踪渺渺升仙台。
雾失天界少游位，
道正气扬少帅来。
郴江滚滚流壮志，
桃花艳艳漱情怀。
凿泉山顶倍清冽，
薄暮霞光好快哉。

1963年7月

---

① 苏仙岭在湖南郴州，上有苏仙道，山顶有泉，道家筑屋数间，曾囚张学良于此。

80. 行在春光里

驰在锦菊地，
春光逐眼开。
画田辟燕舞，
秀水似龙排。
新绿接天碧，
跳珠飞雨白。
天公无力剪，
圣手织春来。

1965年4月9日

81. 元春从化行

寻幽从化穿花行,
处处风光最静明。
树森无声水色碧,
春山有语鸟传声。
小楼迎客杜鹃笑,
醇酒盈杯古越①红。
梦里不知身是客,
翻身已是日东升。

---

① 绍兴酒古越龙山之简名。

82. 住海南兴隆农场即兴

一池映月水,
多树撩人花。
几点云飘絮,
半天映日霞。
风来鱼弄影,
夜暗香人家。
坐看万灯火,
浅尝椰奶茶。

83. 黔西县百里杜鹃山①

千峰堆锦绣,
百里杜鹃红。
喜看春无际,
长呼啸有声。
寻芳登曲径,
撷彩踏蒙茸。
佳景织重梦,
煌煌旭日升。

1996 年 4 月 20 日

---

① 1996 年 4 月 18 日,与苏刚等一行到贵州黔西县杜鹃山。这里的杜鹃跟外地的不一样,它是半乔木,花大如芍药,红、黄、白、粉红,色彩缤纷如锦,遍履百里群山,实是难得大观,平生第一次见者。

84. 大雁塔

一

雁塔巍巍曲水长,
昭陵暮色已苍茫。
拳毛汗血①六骏马,
留得奔腾日月光。

二

霸桥扬柳莽苍苍,
惜别折枝送友忙。
雁塔凭临天外景,
征途万里百花香。

1991 年 10 月 28 日

---

① 唐太宗昭陵有"六骏"刻像,汗血、拳毛为六骏之二。

85. 木兰山

绿绕奇峰古刹幽,
木兰壮气拂云流。
山花织锦迎香界,
碧水束带有玉钩。
多少诗魂万壑内,
无边画意慧心收。
中华胜景夸难尽,
独立高峰金顶头。

1992 年 12 月 23 日

86. 三峡大坝

先天八卦正八方,
广坝横空锁大江。
高峡平湖一潭月,
坎离既济动阴阳。
波摇神女沉云黑,
雨落群峰激浪长。
圣手移山可填海,
五洋捉鳖也平常。

2006年2月5日

87. 苍山观月

微风拂面望苍山,
亭里游人待月看。
倚遍栏杆低徊处,
捧出玉轮上青天。
风声翻动水波漩,
喜看玉龙闹碧潭。
洱海蒸腾野马浪,
嫦娥娱戏苍山巅。

1999 年秋

88. 过剑门

森森汉柏古情深,
冷雨霏霏登剑门。
栈道巍巍插壁立,
王师济济伐魏屯。
六出祁山无功返,
三顾隆恩记德音。
下国老臣尽瘁已,
可怜埋骨定军岑。

2003 年 7 月 5 日

89. 井冈山

井冈山色壮千峰,
利剑插云盖世雄。
众志成城坚壁垒,
丹心碧血铸精英。
自由真金辉日月,
岂无干将护金城。
黄洋界上雷石在,
敢叫神州万世红。

2001年12月4日

90. 丽江古城

丽江春色映红霞,
春满古城处处花。
青柳如丝翻细浪,
小桥流水绕人家。
门前有物非洋货,
路上无尘净心涯。
香茗一杯对友坐,
谈今论古话桑麻。

2001年12月

91. 再登峨眉山

峨眉秀色壮乾坤,
竹树鲜花织锦云。
扑面千峰舒剑气,
湍流泄玉听好音。
穿云破雾飞天际,
锤壁凿石植绿新。
古木横枝兀自立,
清虚无有亦无心。

2001 年

92. 九真山庄

别墅居天外，
不闻车马喧。
青青一片草，
蔼蔼九重山。
入定不嘘气，
清心只自然。
晚霞红远野，
信步入冥玄。

2001 年 10 月 15 日

93. 南华寺

最喜曹溪水,
更爱岭上梅。
曾醉丹霞景,
也参南华禅。
一别三十载,
六祖在哪边?

2001 年

94. 琴台

志跨山海全无欲，
意在琴心定在禅。
忘却得失忘物我，
高山流水只自然。

2002 年 10 月 5 日

95. 春情

（一）

扶藜漫步东湖滨，
春色迎人气象新。
杨柳舒烟燕子舞，
桃花展瓣闹蜂群。

（二）

春回大地满春光，
探胜游人逐景忙。
拾翠踏青烂花雨，
三千丛里牡丹芳。

（三）

果是东风御柳斜，
湖中水暖噪群鸭。

绿茵铺地接林苑，
柳絮无声落万家。

2008年4月6日

述怀篇

1. 初恋曲①

乍相逢,
又叹离别。
四目欲视头难仰,
泪不歇。

1944 年元月

---

① 迄今已四十三年有余,爱人出嫁了,丈夫不是我。我也结婚了,妻子不是她。各自儿女成群,向谁问恨?

2. 奋战羊山[①]

金戈铁马战尘酣,
卷地风雷起羊山。
气贯长虹奋双臂,
手牵玉龙下九天。
为教荒滩除旧貌,
敢将鲜血绘新颜。
迎来胜利人欢笑,
快乐歌声塞山川。

1976年

[①] 羊山,海南岛琼山县之郊区,火山石累累,又无水,民苦不能耕种,于是大修水利以自救。

3. 待友

春来瑞雪满庭飘,
窗外玉兰已含苞。
三月迎君芍药睡,
栏杆倚遍晚风嚣。

1979 年初春

4. 紫花苜蓿铺满地

紫云天,
紫锦地;
紫燕飞,
紫香袭。
艳阳喜看群蜂舞,
雨过常招羊儿戏。
灵草何曾天上来,
紫茵人栽铺满地。

1979 年 6 月 24 日

5. 榆林县改沙造田

边城儿女自英贤，
斗志昂扬换地天。
沙浪翻成新绿浪，
瘠田变做膏腴田。
春长水暖禾苗喜，
风袭花香蝴蝶翩。
滴泪陈琳吊古处，
今看北国小江南。

1979年6月24日

6. 聪明与糊涂

人人都说聪明好,
几人不被聪明误?
聪明之极是糊涂,
识得糊涂见颖悟。

7. 书法引

漫泼恶墨抒豪气,
也引轻丝点自然。
钟王有法千古论,
旭素循章万年传。
四宝文房化不尽,
八幡风雨变难全。
英雄多少泪流淌,
困死窠臼未见天。

1980 年

8. 警惕兰儿[①]

信步东陵地，
历历往事来；
赫赫封建业，
零落土堆埋；
留得残民迹，
写成好教材；
兰儿死未死，
需要记清白。

1980年4月8日

---

① 江青原名蓝苹，慈禧小名兰儿，此处借用慈禧小名比做江青，提醒人民，警惕兰儿之再现。

9. 春信

春信都说梅花报,
三出麦根冻已残。
杨柳梢头涂秀色,
农家手里握锄杆。
飞来燕子访旧主,
引得湖泉缀蓝天。
布谷声声催播种,
贪眠无赖骂杜鹃。

1980 年 12 月

10. 拜访栗大娘之家①

飞身入槐窝,
心跳何惶惶。
快步串曲巷,
双手握金良②。
欲语先含泪,
扬声问亲娘。
金良忙转背,
唇动泪凄凉。
"大娘久下世,
坟头绿草长。"
失力身将倒,

---

① 栗大娘胜似我的亲娘。在抗日艰苦的岁月里,老人家总是以抚爱鼓励的眼光看着我们;操碎了一颗心,保护我们。一碗树叶粥,一碗青菜汤,一碗蒸枣,一碗"苦类"(榆钱和玉米面炒成的疙瘩),都经过她老人家的心血滤过,送到了这群儿子们的嘴里,变成了比蜜糖还甜的蜜糖。我再次去看她老人家时,已经是四十年后的事了。老妈妈已经去世三十多年了。我在妈妈家里流连徘徊,怎能禁得住往事萦心,思绪万千呢?即兴成诗,略抒悲欢杂糅之块垒。

② 金良是栗大娘之子。

支持靠炕帮①。
北炕多温暖,
烧火是大娘。
此炕娘常坐,
为我补衣裳。
锅灶连此炕,
大娘煮饭汤。
冬来知冷暖,
春去嘱热防;
助我探敌穴。
除奸设计详。
锅台多完整,
灶下地道藏。
白日打胜仗,
盘餐慰儿郎。
有时遭鬼袭,
入洞保安康。
鬼眼怒欲烈,
刺刀指肚肠。
大娘静若水,
宁静斗虎狼。
"八路藏哪里?
不说刀穿膛。"
"好汉两条腿,
随时走四方。
我无千里眼,

---

① 炕边的沿。

谁识去何乡?
脑袋有一个,
剐杀俺不慌。
留心身后路,
不要死泥塘。"
往日恩深海,
历历泛浪长。
人亡屋炕在,
触景痛心伤。
泪水涔涔下,
肝肠寸寸凉。
金良拉我手,
"应看好风光。
昔日英雄血,
今朝日子亮。
妈妈破草屋,
弟弟新瓦房。
夺得新社会,
迎来好风光。
人笑万物笑,
水长寿更长。
莫愁身后事,
儿女已成行。"
弟妹初呼我,
油炸"灯盏"①香。
口尝味外味,

---

① 一种油炸的米面加枣做成的小饼。

眼底满辉煌。
留别殷勤意,
把臂牵衣裳。
徘徊别离处,
句句嘱咐忙:
"今年瓜熟日,
切记来家乡。"

    1980年5月2日

11. 偶感(一)

洪荒宇宙开未开,
人类聪明夹蠢才。
大道运行拦不住,
长河流泄顺势来。
千年历史白驹过,
百岁一生朝菌回。
扭转乾坤休自诩,
从来审势是真才。

1980 年 10 月

12. 斥邪

刚直人易妒,
廉洁佞同嫌。
口里说仁义,
腹内藏诈奸。
见钱眼就笑,
趋势颈长牵。
憎此恶流俗,
龙泉握手边。

1980 年 10 月 14 日

13. 惜别

两心脉脉已忘年,
相见时难别亦难。
瞩望过河偷洒泪,
流连残林似参禅。
半杯苦酒炙情暖,
一点明灯照影单。
遥想君身辞别处,
飞车应已过邯郸。

1981 年 8 月 6 日

14. 春时浇水

夺得天河无量水，
画出碧海对蓝天。
农民杂沓清波里，
春意峥嵘新叶间。
几树杏花开笑脸，
多家桃子蕴红颜。
燕儿上下寻原主，
绕过田边与柳边。

1981 年 3 月

15. 咏竹

君子高士好毗邻，
污泥为底不沾痕。
春宵月夜总相伴，
宜是正风绕户庭。

1981年6月21日

16. 心迹

江头未必风波恶,
别有人间行路难。
已许此身归伟业,
海鸥雪雨也翩翩。

1981年6月21日

17. 咏菊

淡到无痕境,
眼前不是花。
径通无色色,
风动有香香。
篱边插瘦骨,
月下戴凉霜。
懒得春光沐,
愿留晚节香。

1981 年 7 月 23 日

18. 吊髯翁

（一）

万树梅花一布衣，
秦家迁迹在滇西。
平生棱角钢锋劲，
黄土犹护傲骨奇。

（二）

髯翁①残卷有几篇？
傲骨嶙嶙鬼神寒。
煮茄添盐滋味重，
破屋穿顶蚤声喧。
孤身常并梅花立，
古冢犹留正气燔。

---

① 孙髯，清乾隆年间陕西人，流落云南，寒苦不堪。有遗文及诗若干，刚烈不凡。昆明大观楼长联，即其播远扬名之大作。

自有丹心舒众意，
布衣终老也甘甜。

1981 年 9 月 9 日

19. 元旦自况①

岁尽漫观去日长，
自然万物死生忙。
温凉冷暖循序过，
绽谢荣枯逐次亡。
至洁水仙无土气，
傲霜梅炬有寒香。
老来迟暮增白发，
犹幸镜中眸子光。

1982 年元旦

---

① 孟子曰："人心正，则眸子燎矣"，借其意以自况。

20. 咏白碧桃

（一）

来自天然不自矜，
清魂铸就无痕身。
至洁高标无色色，
馨香脉脉送众人。

（二）

劲骨亭亭立此身，
案头伴我自清新。
淡泊羞斗群芳艳，
一任清白铸痴魂。

（三）

昨夜东风传好音，
浑身带雪临芳春。

春来不必添花色，
春去常存清洁根。

1982年4月2日

21. 离休曲

战罢归来得休息,
将持余力莫荒嬉。
阶前好歇长征腿,
梦里犹鞭汗血骑。
闲看白云苍狗幻,
一尊正道沧桑移。
此心既自为形役,
雨雨风风总不迷。

1982 年 6 月 9 日

22. 琢景诗

衰朽从容下战场,
愿雕花木缀春光①。
莫说陶令心境远,
老圃花黄晚节香。

---

① 我提倡搞花木盆景,得到湖北省林业厅赞同。于1983年3月成立湖北省花木盆景协会,即兴写小诗一首。这是全国第一个花木盆景协会,当时还有人认为这不是应做的事。

23. 庆祝武汉解放 35 周年

云卷飙风扫叶残,
万民喜跃迎新天。
长江浪涌清污浊,
神女翩跹引众仙。
大地好埋群腐鼠,
宏图已画此心田。
"奴才"挺立玩星斗,
再造乾坤也等闲。

1984 年 5 月 2 日

24. 纪念全国解放 35 周年

八表腾龙涌浪涛，
天翻地覆葬王朝。
天安门上五星耀，
赤县神州十亿骄。
织得山河增秀色，
创成盛业涨红潮。
炎黄苗裔中流柱，
何物苍蝇总嚣嚣。

1984 年 8 月 18 日

25. 纪念遵义会议 50 周年

革命征途处处难，
改天换地创新篇。
敌人"围剿"拼全力，
路线歪斜也纠缠。
折戟伤神惊险日，
英雄奋志最威严。
乾坤扭转恢弘业，
领袖箴言非等闲。

1984 年 9 月 27 日

26.《袁世凯演义》读后感

皇宫宝座羡煞人，
绞尽脑汁拟压群。
西扯东拉培势力，
纵横拔弄盗乾坤。
自鸣得意看木偶，
危亡没落见仇人。
莫夸自有欺天力，
"完了"一声入鬼门。

1984年11月15日

27. 寄大同煤矿工人

我居南国地，
北望塞上云。
塞上云汹涌，
煤海鏖战殷。
千旬黄泉烈，
万斛汗水淋。
铁臂掘金穴，
肝胆照星辰。
煤黑心更赤，
石厚力不贫。
播火万家暖，
掘金好裕民。
尘多心未染，
任重志更勤。
献身不为利。
立功岂求名。
钱眼锁不住，
邪祟岂敢侵。
云岗大佛像，

不比擎天人。
老来志未减，
无奈力衰贫。
诸君身心健，
革命有后人。
马列传家宝，
接取要认真。
惭我吃白米，
忐忑梦寐心。
思君英雄泪，
老马也精神。

    1986年6月15日

28. 偶题

云来好布雨,
室雅宜画时。
挥笔吐真气,
摘春入小诗。
墨池鳞甲舞,
心室脱兔驰。
数尺一寰地,
岚峰搏浪直。

1986 年 6 月 16 日

29. 中秋节

岁月掷人老,
皓魄循序明。
圆缺自有道,
顺逆莫伤情。
故人纷谢去,
主义耐恢宏。
君看日西落,
为霞尚晚红。

1986年农历八月十五日

30. 思　家[①]

山青水碧田如画，
无限春光漫地天。
喜看白云越秀美，
我家就在山那边。

1968 年 4 月

[①] 我被禁固在室，隔窗望白云山、越秀山，思家之念萦绕心间。

31. 和李一夫①同志

老兄何必还乡村,
遍地英雄共辰昏。
争斗常存辩证路,
红光永放天安门。
从来热血肥劲草,
敢因衰迈弃丹心。
任是狂风摧朽木,
本来是人还是人。

1973 年 4 月于广州

---

① 李一夫,我的同乡、同志,文革后,心有灰冷,欲回家耕田,以养晚年,曾赋诗寄意,我步韵和此,斯人已先我归黄泉多年矣。

32. 除"四害"[①]

兰(蓝)儿与那拉氏对话

（念奴娇）

那拉兰儿：[②]
我姓那拉你姓李
不是一家，
何必来学我？
卖色诡夺三代柄，
只垂帘听政而已。
李氏兰(蓝)儿：[③]
咱俩异姓同名号，
都叫兰(蓝)儿，
应得继承你。

[①] 1976年10月9日，我卧病床上，得知"四害"已除之消息，病霍然而脱，跃而起，夹额称快，走笔写兴，得诗词快板。

[②] 兰(蓝)儿：慈禧小名兰儿，江青小名叫蓝苹。

[③] 同②。

我谓江山信手得,
谁料一朝全败落!

        1976 年 10 月 10 日

33. 万民欢

神州九亿气如虹，
风雷卷地人欢腾。
满城人悦花含笑，
见面谁不庆功成！

1976 年 10 月 10 日

34. 除"四害"即兴

一从大地起风雷,
便有精生白骨堆。
摘句裁花充马列,
沐猴衣狗集螽贼。
涂膏抹粉掩不住,
胡作非为逞孽威。
恶贯满盈终有日,
千钧棒落鬼成灰。

1976 年 10 月 10 日

35. 粉身曲

自此西施也效颦，
翘起舌头就打人。
如麻害人不称心，
要夺神州锦乾坤。
"四害"结帮水闹浑，
做尽坏事绊车轮。
绊车轮，怒万民，
折了螳臂碎了身。

1976 年 10 月 10 日

36. 经验

鲁迅先生有教言,
叭儿之祖是狼传。
莫说狼子生野性,
应知八儿画皮妍。
秃顶军阀拟大业,①
假发戏子学兰兰。②
劝君莫笑邯郸梦,
邯郸梦破要铁拳。

1976 年 10 月 10 日

---

① 林彪秃顶要学随炀帝夺权,创"大业"年号。
② 兰兰:慈禧江青的小名,都叫兰(蓝)儿。

37. 老将

迅雷横扫盖长天,
除去"四害"万众欢。
老将弹指打好仗,
刀不出鞘马未鞍。

1976 年 10 月 10 日

38. 快板

讲卫生,
除"四害",
为党除奸,
为民平愤,
为国除害。
大快人心,
大得人心,
人心大快。
党心、民心、军心之所在,
怎不教人欢呼称快!
一边是:
罪恶如山,
流恶难尽,
罄竹难书。
一边是:
喝尽甜酒,
燃尽鞭炮,
尽情欢呼。
男女老少,

异口同声,
"痛快舒服"!

1976 年 10 月 10 日

39. 念友人

别来最怕晚间闲,
只影孤灯万绪澜。
往事如烟劳意马,
今时阔别动心弦。
飞花自在悠悠落,
香气闲飘兀兀旋。
挥笔强画不成句,
春寒孤馆听杜鹃。

1977年5月

40. 牡丹

斗艳争鲜春色煌,
三千丛里见君王。
姊妹并列无高下,
阴霾袭来见弱强。
羞将丽质媚鬼丑,
敢持梗骨斗豺狼。
一从贬到洛阳地,
根更深来花更香。

1977 年 4 月 20 日

41. 赞郝梦龄烈士

铁蹄踏处山河碎，
热血男儿赴战勤。
剑影刀光征马迹，
硝烟烈火金刚魂。
以身许国何所惧，
壮志杀敌一片心。
谁谓散沙华夏族？
刀头试看血淋淋。

1992年8月28日

42. 闻一多先生赞

其志如钢,
其心如山,
其气如虹,
其品如玉。
斥奸摧丑,
横眉犯锋。
丹心碧血,
永铸汉青。

43. 感时

百岁非长寿，
商品自有春。
阿堵泰山重，
压死软骨人。
试看千百代，
烈火炼真身。
国家正兴旺，
前路有荆榛。
远征砺壮志，
倡义展精神。
青春有真价，
金心为人民。

1994 年 1 月 16 日

44. 真经

喜扶北斗观天下，
好把龙泉护暮年。
鬼祟敲门未可惧，
真经导我识忠奸。

1987 年 7 月 27 日

45. 偶感(二)

盛世文章盛世诗,
动人诗句鬼神知。
荷花映日洁如许,
坐伴清风送晚迟。

1988 年 5 月 18 日

46. 示儿孙

（一）

身后空空岂有物，
儿孙向我莫要钱。
诗书满架存呆气，
但做正人不畏天。

（二）

大限难违届暮年，
儿孙不要问庄田。
诗书满架一筐泪，
何物青蚨遮满天。

1988 年 10 月 2 日

47. 咱是中国人

吃的中国饭,
长成中国身;
马列主义好,
铸就时代心;
写得中国字,
画出中国魂;
夙夜时刻记,
桥山有祖坟;
昂首举阔步,
休戚共人民;
创造新时代,
咱是中国人。

48. 领屈原特别奖

煦日春风壮大千,
满怀欢喜颂屈原。
十年伏案亲战友,
八卷书成赞圣贤。
起死回生血火史,
立民兴国好诗篇。
老夫驻足庭前院,
雨润群芳鸟语喧。

1993 年 2 月 21 日

49. 赏菊

丽水漾秋爽，
红霞向晚高。
群芳插崖立，
百艳斗春娇。
居世未许傲，
壮志海天遥。
霜气由他去，
不必丐斗瓢。

1990年12月12日

50. 年年都有风和雨

(赠友人)

年年都有风和雨,
坚劲青松斗雪妍。
万砺千磨不改直,
诗书琴剑在身边。

1987 年 4 月 20 日

51. 横渡长江

戏水长江学少年，
踏波斗浪舞蹁跹。
从来世路人行走，
岂有险关雁过难。
疾雨风雪砥柱壮，
嚼渣拾屁贾桂甘。
静观万里云舒卷，
潮落潮升只自然。

1994年7月10日

52. 有所思①

一九九一年，
八月二十一，
克里姆林空，
红旗落了地。
资本主义兴，
社会主义泣；
法西斯弹冠，
人民重足立。
失业狂潮来，
饥饿恶风袭。
巴黎社员墙，
国际歌声急。
马列主义旗，
万民心中举。
号声响惊雷，
日月光如炬。

---

① 1991年8月19日前苏联发生政变，护法抵抗者，遭叛徒们以武装镇压，至8月21日，护法者败，克里姆林宫上的红旗，悄然落地，从此，苏联正式复辟而解体。

世人莫悲伤，
历史总前趋。

53. 重九即兴

(一)

年年佳节遇重阳,
日月高悬万里煌。
扶杖篱边无限意,
黄花煮酒品秋香。

(二)

秋气秋风秋水凉,
东篱萧瑟秋夜长。
任他人比黄花瘦,
自古沧桑正道光。

(三)

秋雨秋窗秋月明,
孤灯冉冉听秋声。

此身已许为形役,
不羡青蚨雨后萍。

(四)

眼前大地莽苍苍,
斗室秋风冷半床。
秋夜孤灯影做伴,
黄花为我着新装。

54. 喜看今朝华夏妍

乾坤再造七十年,
喜看今朝华夏妍。
南北东西欢万户,
高低上下艳红天。
应知千万人头落,
踏过长途碧血鲜。
虎豹苍蝇仍在叫,
安天大战鼓声酣。

55. 辞岁有感

并刀在手悲逝川,
战火纷飞忆华年。
老树焦梢愁叶落,
白云万里渡江山。
老兵扶杖走,
瘦马系槽边,
满志战阵里,
无奈力气单。
东风舞,
西风旋,
干戈寥落在眼前。
郁垒神荼皆偶像,
真传马列信龙泉。
不叹西阳已落去,
东曦更胜晚霞还。

56. 纪念抗日战争胜利五十周年

戈戟如林催战鼓，
日寇汹涌嗥如虎。
铁蹄到处血肉飞，
户户人命化尘土。
南北东西滚乌云，
男女老少张弓弩。
烽烟烈火挟风雷，
草木山川红旗舞。
火牛阵里困豺狼，
豺狼爪齿举哀呼。
寸寸田野有弹痕，
处处丰碑烈士骨。
敌虏败残无处逃，
中华民族长缨舞。
倏忽已是五十年，
帝国主义未作古。
明里暗里施毒焰，
时刻狂想亡我祖。
居安思危不可嬉，

奸敌仍需干戚舞。

57. 咏梅(一)

月里寒香疏影横,
淡装披雪最清馨。
春来她也不开口,
秋去谁个畏霜浓。
铁骨玉肌含笑立,
生辉冷眼看秋终。
去冬已过今冬到,
依旧荣荣映日红。

58. 咏梅（二）

祇今难得快活时，
落尽千红万木痴。
心血一腔翻作泪，
梅妻凝睇日迟迟。

59. 咏梅(三)

千红落尽始着葩，
青铁化身玉裁花。
寂寞春寒谁问暖，
愿把馨香送万家。

60. 咏梅(四)

枝枝红艳枝枝香,
不为招蜂引蝶狂。
无影凝寒残万物,
焰红应许兆吉祥。

61.咏梅(五)

梅花日日窗前影,
铁杆离离树劲风。
更有无边香细细,
寒冬罩地春融融。

62. 咏梅(六)

昨夜北风动地哀,
今朝梅炬展笑开。
寒窗画得卿卿影,
坐床喜看春又回。

63. 咏梅(七)

欣卿带雪傲霜来,
大地凝寒冰裂开。
愿伴清香洗尘垢,
不须诵经拜泥胎。

64. 牢骚

（致友人）

君在挑源内，
难知世外情。
好心求善果，
飞絮落泥中。
此中有深味，
君或想不通。
白云苍狗变，
花红有败容。
此时好朋友，
明日路人同。
开窗望远影，
波浪起千峰。
权大金山重，
位高道理浓。
钱多好办事，
阿堵困英雄。

上山擒虎易,
入世托钵空。
天不掉馅饼,
枯鱼羡海冥。
清茶一杯饮,
啰嗦语不明。
哼哼长叹息,
古寺响远钟。

2004年7月22日

65. 君不见

君不见:
春去夏来热,
秋凉冬更寒。
寒尽南风暖,
万物又绚烂。
天运四时转,
一年又一年。
邪恶时得势,
历史不可拦。
蠢虫总要死,
正气万世炎。
君不见:
长江东逝水,
冲破万重山。
君不见:
滴水滴不息,
也能把石穿。
君不见:
桀纣一时霸,

转瞬化云烟。
时光不息向前走,
岂有霸者主万年。

2002年10月23日

66. 春日饮茶

春风和煦艳阳天,
露漱灵芽香满山。
一碗清茶除块垒,
悠然扶来好耕田。

2001年4月

67. 庆香港回归

一

百年魔怪舞翩跹，
十亿人民不团圆。
齐唱凯歌红日照，
蒸腾霞蔚尽欢颜。

二

英雄血染红旗鲜，
烈士抛头几万千。
得胜鼓鸣催记忆，
阴阳魔爪未休闲。

三

捣乱失败再捣乱，
不到灭亡不下台。

狼虎心肠无改易,
枕戈奋进志不衰。

68. 庆澳门回归

大旗高举东方红,
物阜德兴奔大同。
不怕苍蝇还肆虐,
澳门归后收台澎。

1999 年 11 月

69. 迎新年

调寄菩萨蛮

（一）

初度八十人未老，
门前红梅报春早。
"加饭"①煮冰糖，
朝晖落玉璜。

旧年无声过，
新岁冉冉落。
健步上高楼，
芬芳眼底多。

---

① "加饭"，绍兴酒名。

（二）

犹记少年志似铁，
手持戈戟轻如叶。
战马跃腾龙，
青锋斩豺虫。

神州正烂漫，
鬼魅眼中看。
鬼魅欲如何？
神荼郁垒多。

70. 八十述怀

八十岁月一挥间,
未泯童心总好玩。
除夕与孙争爆竹,
上元伸手包汤圆。
长江击水竞鱼鳖,
球场挥拍学少年。
庭树枝头听鸟语,
小猫戏逗也成欢。

南冠诗草[①]

71. 寂寞

卜算子

寂寞锁楼台,
有语凭谁诉?
举眼桃花又是春,
春光归何处?

梦里夸当年,
跃马扬鞭路。
盆水无心偏照人,
白发丛丛出。

1969 年初

[①] 我于 1968 年 1 月 20 日 22 点 20 分,被抓进监狱。这是康生发出的电令。骆宾王《在狱咏蝉》诗中有"西陆蝉声唱,南冠客思深"句。我于系狱之时,留得感诗数首(71.寂寞至 75.上草干校),借题曰《南冠诗草》。

72. 春看紫燕飞

采桑子

八万六千四百秒[①],
秒秒不漏都数到。
一数数到年,
依旧锁森严。

泪尽犹悲泣,
抓心也无计。
魂伴紫燕飞,
长空浴朝晖。

1969 年 5 月

---

① 一日之时间。

73. 除夕有感

浣溪沙

除夕夜长梦未成，
妻儿老小各西东，
游魂辗转一飘蓬。

一唱雄鸡天下白，
霎时雨过是天晴，
红光万里笑东风。

1969年除夕

74. 家中送来旧被一条

面旧里脏芯已残,
修修补补好防寒。
前生结下夫妻债,
苦难愁劳莫怨天。

廿载夫妻今已识,
真金烈火一寸丹。
怆惶最是辞家日,
相看痴痴泪已澜。

1969年10月

75. 上草①干校

调寄《清平乐》

飘香泄玉,
芳草接天碧。
云绕翠峰自来去,
胜似桃源风趣。

英雄自造地天,
荆子,犁头②新颜。
饭毕相寻村舍,
松风明月流泉。

1973年2月10日

---

① 上草是公社名。
② 荆子,犁头,均当地山名。

76. 斥无赖乞儿

沿门乞食恬颜行,
为讨残羹歌后庭。
冯道应知接莫逆,
秦桧从此有新邻。

77. 纪念黄遵宪先生当代书画艺术国际展览

笔底刀头尽是诗,
此诗不是浪吟诗。
殷殷碧血滔滔泪,
万众呼声万众词。
生就国魂舒正气,
由来强劲化坚石。
任它卷地西风起,
砥柱炎黄永不移。

1991 年 4 月 11 日

78. 无题

七十岁月红旗落①,
华发也听鬼唱歌。
"二竖"逞凶可害命,
蝼蚁肆虐决江河。
画皮肚里尽毒液,
恕道声中是险恶。
长剑不应匣内响,
猛斗白骨精莫歇。

1991 年 10 月 15 日

---

① 1991 年 8 月 21 日,克里姆林宫红旗落地。

79. 旧友雅叙

烟波江上华灯骤,
骚客雅兴叙旧游。
集得佳篇堆锦绣,
收拾彩笔画风流。
天高云淡星光灿,
地远情深谊绪稠。
长夜时钟敲几许,
晴川阁畔看清流。

1988年3月28日

80. 致鸡西县领导

曾是豺狼把路拦,
人民执戟鸡冠山。
阴霾拨去得晴日,
做主群雄创业艰。

披荆斩棘不知难,
新宇新天指顾间。
水笑山欢光大地,
于今何处不乐园。

喜看今朝百业盛,
老来不愁鬓发斑。
只因一代胜一代,
钓叟池边有笑颜。

1988 年 7 月 16 日

81. 横渡长江

秋爽秋高秋风扬,
振臂击水渡长江。
劈波踏浪追鱼急,
除垢洗心舒气长。
岂有青山阻逝水,
更无魔孽占天纲。
悠悠有序万年史,
秦桧子孙不可当。

1992年8月26日

82. 想起了两论之功[1]

我又来到韶山冲,
会见了您,毛泽东。
久久伫立,
心潮重重。

六十年前,
我还年轻,
恨旧社会之黑暗。
投身革命,
舍死忘生,
以为这,就可以成功。

错误与挫折,
弄得我,头脑哄哄。
迷离扑朔,

---

[1] 1995年10月8日到韶山,瞻仰了毛泽东故居后,站到毛泽东的铜像之前,向他鞠躬。革命经历了挫折、失败、错误的多次坎坷,取得了人民的胜利,育我成人,这经历迫我不得不向他鞠躬,再一次想起了终生必须学习的《实践论》与《矛盾论》。

其妙莫明,
好不头疼。

是您,
揭出了两论,
整顿了三风,
使我见了微明,
啊！没有实践,就没有理论,
没有理论,实践不成功。
创造新社会,理论要先行。

是您,教导了我们,
学理论,
反对教条主义,
反对经验主义,
反对嘴尖皮厚腹中空,
要实事求是,
要树立三大作风。

马列主义,
三大作风,
实是求是,
熔成一体,
党性铸定,
才显时代英雄。

党培育了无数的时代英雄。
心有明灯,

果行育德，
踏波斗浪，
不骄不馁、不迷不屈的劲松。

捧出全身心，
为革命奉献，
不是入股分红。
永远与人民一起，
平起平坐，
衣食与共。
做为人民的一员，
铸出万金不换的人生。

岁月如逝水，
流泻无穷，
您的思想精华"两论"，
是导航的北极星，
是万事万物运行之轨道，
是宇宙之衡，
它与日月共辉、永明。

头发全白了，
我还很幼稚、年轻，
我仍然是向您求教的小学生。

     1995 年 10 月 10 日

83. 杂感

世上确有真糊涂,
碰到南墙不回头。

世上确有假明白,
装腔作势挂招牌。

世上也有装糊涂,
躬身吮痔夸香哉。

84. 偶感(三)

平淡清明,
普通一兵。
衔石填海,
累土筑城。
流血流汗,
与众同功。
丹心似火,
健步远征。

2002年1月1日

85. 九十述怀(一)

(1)

干戈寥落九十年，
眼前犹看满烽烟。
老残欲战愧无力，
小院阶前听鸟喧。
好友深情祝我寿，
胸怀坦荡自有年。
虔求天开云岸马，
尧舜万千护月圆。

(2)

九十岁月意如何，
教我成人党育多。
幸与圣贤共战阵，
横戈跃马斩妖魔。
红旗漫卷钧天乐，

大地重光景气和。
玉宇岂容云罩月,
扬声长啸唱军歌。

2002年2月24日

86. 九十述怀(二)

年届九十人未老,
时光如水畅风流。
花开花落年年见,
事败事成不自由。
笑看野狐织怪梦,
岂能却步弃鸿猷。
翻云覆雨任他变,
白铁铸好万世留。

87. 再拜延安

又见延安宝塔山，
思前想后忆当年。
党师教我学革命，
马列洗心永向前。
实践磨砺人长大，
与民共战倒三山。
七十余载斗妖孽，
风雨耄耋意绵绵。

2001年4月20日

88. 咏梅(八)

惯依净笃阅凡尘,
花落花开身外身。
万象纷纭来复去,
红葩火爆报阳春。

万巷灯红响玉箫,
高楼儿女舞窈窕。
一人静品暗香袭,
卮酒一杯酹滔滔。

2003年1月5日

89. 喜见梅开

纷纷白雪落无痕,
大地凝寒香袭人。
举酒望月迎月魄,
梅妻鹤子孤山村。

绿萼红绡比艳开,
灭颓百卉倚墙埋。
雪花如斗何足惧,
挚友松竹带笑来。

2001年12月10日

90. 读诗友书简

昨夜灯花怒放开,
喜迎诗友自天来。
千金书简灯下看,
百转情肠字中埋。
应是重逢增喜悦,
不合旧梦伤心怀。
挥毫淌泄滔滔意,
好惜时光寸寸彩。

91. 我爱银球盖世飞

我爱银球盖世飞，
黄金血汗育英魁。
一朝宇内择冠日，
应记峤山有祖碑。

1991年6月21日

92. 革命从来伴死生

壮心未与年俱老,
革命从来伴死生。
鬓发千磨增雪色,
胸怀万砺染丹红。
金戈铁马烽烟里,
烈火真金史册荣。
宜是开发拓伟业,
遵行马列念真经。

1987年6月2日纪念"七一"之作

93. 新春咏梅

寂寞寒香寂寞林,
旧年去了又新春。
峥嵘不待东风惠,
自在芬芳自在魂。

2007 年 2 月 14 日游梅园即景

94. 秋意

秋风吹塞北,
大雁早归南。
凉月一渠水,
白云数点山。
小窗竹弄影,
平野百卉殚。
无那[①]一杯酒,
不觉入冥眩。

2007 年春作

---

① "无那"一词是梵语,苏曼殊诗中有用:偷尝仙女唇中露,几度临风拭泪痕,日日思君人易老,无那又是近黄昏。

95. 九十一岁少年狂

九十一岁少年狂,
抒气风云激浪长。
野鬼无知笑我老,
弯弓犹可射天狼。

2004 年 3 月 9 日

96. 独坐

独坐小楼掠晚风，
花枝摇曳花朵红。
癫狂思绪脱缰马，
想到西来又转东。

2008年4月6日

97. 哀梦吟

时届清明节，
女儿入梦来。
心中萦惨景，
老泪满苍苔。
身心本清洁，
无奈风雨灾。
我儿顶不住，
魂断望乡台。
一去三年整，
墓草已封埋。
年年清明节，
痛苦满胸怀。
此恨何处诉？
风清月色白。

2008 年 4 月 6 日

题 赠 篇

1. 题曹雪芹故居

寒烟小舍自萧条，
斗室文章壮九霄。
二百年来尊泰斗，
可怜末世赋离骚。

1977 年 7 月

2. 酬周哲文①赠章诗

佳石天成质最坚,
镌来古篆焕云烟。
余年老朽多欢庆,
隔山隔水万里缘。

1979年7月8日

---

① 周哲文,福建人,篆刻名手。赠我图章一枚,诗一首。步原韵书此。

3. 题大雁塔

雁塔身高名更高,
彀中举子逐名标;
英雄多少伤心泪,
困死章句湿青袍。

1979 年

4. 题陡河电站

湖光碧水伴青山，
几树桃花展笑颜。
闻道震灾堆瓦砾，
喜出圣手造新天。
齐云电站压山起，
出力神龙动地旋。
气煞野鬼乐我辈，
万象由人勇登攀。

1980 年

5. 题小雁塔

胜迹今犹在,
旧时已不回。
塔群存古意,
瑞草扣心扉。
此地无禅业,
天堂自芳菲。
风流文彩事,
代代博浪飞。

1980年2月

6. 祝终南印社成立之喜

葱翠蔚终南,
文星照渭原。
人杰相续处,
多士焕光焰。
铁笔追秦汉,
柔毫越狂颠。
欣看三月景,
百卉何纷繁。

1980年2月20日

7. 献中国美协河北分会第一次会员代表大会

沉云已破骄阳红，
好雨及时御东风。
珍重欢翔紫燕节，
百花齐放竞芳芬。

1980年4月22日

8. 见旧时战友

战火纷飞战尘场，
天灾人祸两头忙。
同心同处同战斗，
斩鬼斩妖斩虎狼。
摘叶充饥甘对笑，
拾柴取暖喜闻香。
转眼已去四十载，
忠诚未泯两鬓霜。

1980年5月1日

9. 题田辛甫①同志画册

满篇景物最宜人,
景物迎人人笑频。
风雷大地连绵起,
战阵英雄万代新。
历史长河流未尽,
画家笔底神常存。
莫说涉险出新艺,
健步潮头才是神,

1980 年 5 月 10 日

---

① 田辛甫,河北省名画家。

10. 赠幼儿教师

杨枝雨露育新苗,
缔造灵魂此业高。
血沃深根发劲草,
恢弘理想长英豪。
从粟沧海涓滴始,
只此金银细力淘。
且看人才连臂出,
愿堆鬓雪迎春潮。

1980年6月1日

11. 题《聊斋志异》①

（一）

纵横文笔自成仙，
翻新章句最伤神。
吊月秋虫羞问暖，
惊霜寒雀自知寒。
偎栏自热终无热，
抱树无温岂有温。
调侃人生七十载，
菜根嚼碎野禅新。

1980 年 6 月 14 日

---

① 《聊斋志异》的作者蒲松岭先生奇士也，在他的笔下，鞭挞了无数牛鬼蛇神，困贫一生，豪气不减。

（二）

巨笔如椽堪驱鬼，
寸心明鉴自通神。
驱驰魍魉无归处，
大道从来朴见真。

1988年7月2日

12. 题赠聂茸①

聂茸少小才十三,
奋力临池不畏难。
羲献宗师常奉侍,
钟张泰斗勇攀援。
中山兔死开新地,
池水鱼飞自有天。
喜见云烟笔底起,
重霜两鬓已忘年。

1980 年 7 月 9 日

---

① 这个孩子很可爱,她很勤勉尚学,但社会的污泥浊水,给了她一个不幸的命运:父亲养二奶,抛弃了可怜的母亲,孩子心上刻了深重的伤痕。

13. 题邯郸烈士陵园

万古长青树,
永年不朽人。
山河焕锦秀,
都为血色殷。

1980年7月

14. 题邯郸学步桥

步出邯郸市,
行来学步桥。
援桥奋力走,
拟足投迹学。
帽破鞋穿日,
筋疲力尽劳。
可怜教条者,
卷舌还嚣嚣。

1980 年 9 月

15. 欢迎日本琦玉县代表团

欢迎代表团,
往事蔚如烟。
绿染武藏野①,
火燃隅田川。
依稀别母②泪,
历历挚友颜。
昔日深情有,
应结缘上缘。

1981 年 4 月 11 日

---

① 武藏野,隅田川均在日本东京郊区。
② "别母",指当年的老房东太太。

16. 题葫芦①

柔弱身躯我自知,
刚强导我起高枝。
阳光雨露频频有,
引得佳禽唱好诗。

1981年5月16日

---

① 田辛甫同志为我画葫芦一幅,辛甫同志老成忠厚,难得之交,即兴题此数句。

17. 题雨花台烈士诗册

折戟沉沙地,
抛头洒血滩。
夜叉伴厉鬼,
肆虐逞凶焰。
蔽日乌云卷,
飞沙大地旋。
人间何暗暗,
地狱祸绵绵。
冰山曾崛起,
劲草从未残。
铁铸英雄骨,
从容就义天。
血红炽烈日,
浩气壮狂澜。
星火疾风引,
乾坤铁臂翻。
阳春今日得,
灾难昨宵完。
人向心田笑,

鸟动声簧喧。
青松拔地起,
丰草织茵鲜。
白石标清节,
正道照万年。

18. 赠农业科技双代会

神农后稷教耕桑,
代代传流自有芳。
汈水洪波辟广宇,
呕心智慧夺丰穰。
于今铁臂添双翼,
宜是科学长力量。
莫道桃源仙境好,
神州何处不天堂。

1981年12月26日

19. 题王雪涛画册

(一)

浓抹轻描各有情,
天功造化任恢弘。
静观万物峥嵘妙,
笔底心胸幻不穷。

1982年8月

(二)

春山如画自天成,
笔底春山画里情。
我自入山醉画境,
跳出云雾写庐峰。

1982年3月

20. 寄苏烈同志

闻道兄台棒角忙,
终朝百转九回肠。
观书几见董狐笔?
过市常逢无冕王。
真理永存天地内,
"宏文"无奈是非亡。
一封简素无他语,
注意吃茶不要凉。

1982 年 7 月 19 日

21. 致某某同志[①]

（一）

闻道兄台接重任，
油然喜气溢眉间。
从来公理人人说，
实践终生步步难。
鬼域面皮色变异，
刀光风剑舞蹁跹。
千斤椽笔如山重，
谨记马列带血斑。

（二）

马列精神笔下传，
千金字字血斑斑。
一篇佳作喧贤圣，

[①] 某某同志曾是知心同道，风流激，一卷而去，故不书其名。

满脸画皮掩鬼禅。
喜看尧天辉日月,
莫忘阴霾遮光焰。
春光烂熳勤持护,
虫蠹不除花不繁。

1982年4月19日

22. 送香港冀鲁豫同乡会樊敏光先生

异乡烟云故国天,
千重山水一心牵。
时光不泯归根意,
黄帝子孙仰桥山。

1982年5月28日

23. 致刘秉彦同志

友朋何必意沉沉,
磨难从来伴道生。
笑看镜中增白发,
生成铁骨试艰辛。
征途顺逆寻常事,
百战输赢等闲心。
磊落平生书剑在,
幸逢解俎得轻身。

1982 年 8 月 12 日

24. 赠湖北书协

风雷激荡走龙云，
异彩千般动鬼神。
古法传流有根底，
今时持续响佳音。
钟张羲献存珍品，
米蔡苏黄继有人。
有法奠基归无法，
灵活气韵笔中心。

1983年2月23日

25. 题画[①]

扶摇斗角任回环,
睥睨寰中未息肩。
日暮苍龙还布雨,
鹏程万里天外天。

1983 年 3 月

---

① 1983 年 3 月,与闻钧天、曹立庵、李震宇等会于归元寺,作松鹰之画,我题诗四句。

26. 题《主力军》杂志

日月光华锦秀融,
雕天刻地圣才功。
花花世界人争羡,
济济英雄我自明。
异化徒劳丝作茧,
身求解放智为兵。
精工巧琢寻常事,
倒转乾坤造大同。

1984年4月5日

27. 致辽宁《老年之友》

人生不是为吃穿,
种果栽花雕地天。
愿伴落英归粪土,
青年耄耋总一般。
八十年代又一代,
技术科学跳跃前。
制天品用新宇宙,
春潮汹涌焕人间。

1984年4月

28. 题赠《血沃中原》

匕首插敌腹，
群雄斗顽凶。
万峰齐跃动，
大海涌涛红。
神女惊云雨，
嫦娥舞太空。
红旗树林海，
壮志创业宏。
丧敌胆，
丰歌隆；
鼓锣响，
戈戟明；
喜见江山归百姓，
莫忘血沃中原红。
应知鼠死臭犹在。
扫灭孽根见大同。

1984年6月12日

29. 献给六一儿童节

秀丽蓓蕾朵朵新,
晴光细雨暖风熏。
园丁护持殷勤意,
老圃剪裁一片心。
高尚灵魂可铸就,
臭污劣质必除清。
尧天遍满重光日,
笑看结队好儿孙。

1984 年 6 月

30. 题雨花台陵园

雨花石火映天红,
正气冲霄壮太空。
松秀皆因志节劲,
英雄自有丹心彤。
晴光好护陵园地,
圣业辉煌宇宙风。
瑞鹤衔阳浴海起,
大江澎湃万金熔。

1984 年 6 月 17 日

31. 题赠乡土戏剧

万民创作最殷勤,
乡土心情最引人。
高士莫嫌土气重,
年年月月唱好音。

1984年3月

32. 辞别日本友人荒卷先生

别梦依稀忆九州①,
华灯华宴聚鸿猷。
新诗盛赞高朋义,
旧友勤斟绿蚁稠。
把手无言心语涌,
举杯惟祝体康攸,
飞机起处千程远,
无限烟波逐水流。

1984 年 9 月

---

① 这个九州,指的是日本的"九州"。

33. 致九州深田光灵君

离别从来苦，
况是诗友间。
孤蓬千里远，
好友一心牵。
明月出东海，
曦光升岛山。
殷勤惜别意，
梦里诵华篇。

1984 年 11 月 11 日

34. 题闯王墓

救民水火冲天志,
万砺千磨百战功。
时代未逢无马列,
凄风苦雨吊英雄。

1986 年 3 月 24 日

35. 对联

题中山公园湖心亭联:

清风作伴应除垢,
明水为心可鉴真。

1983 年

对联一副

几点魔障弃污坑,得脚稳身轻,自生刚劲。
万千银河收眼底,知天高地厚,才养谦虚。

1983 年

拟黄鹤楼对联

大江东去,浪陶尽千古风流人物,彼往此生,一代高于一代。
黄鹤归来,心惊奇如今绚烂光天,宜兴宜颂,卿云缭绕卿云。

1984 年

寄济南师范聂在富同志一联

高响始自低音,天声浑容十二律,宫宫羽羽通雅乐,
无穷出于有限,粒米包得三千界,点点滴滴极无边。

1984 年 3 月

赠石家庄清洁工人联

清洁人,清洁心,清清洁洁清世界。
光明地,光明天,光光明明光新天。

题闯王墓对联

起横山,发商山,葬通山,棘藜遍满征途路。
战渭北,扫洛北,捣冀北,利剑长鸣斩鬼声。

题安陆李白纪念馆联

浩气长流千古意,
诗情满汇万籁声。

题赠韩爱萍同志联

峥嵘岁月焕光彩,

勤奋生平好结实。

对联两副

伴得清风可扫梦中梦,
心融明水静观身外身。

梅花迎瑞雪自芳自艳,
百卉浴江风有色有香。

题东坡书院联

一生豪气一生泪,
万里江山万里情。

庆香港回归联

忆往昔镣铐加身榨血汗多少英雄含恨去,
看今朝祥云罩地扬国威亿万人民庆回归。

1997年6月

36. 忆王国兴

黎族英雄王国兴,
投身革命率黎民。
黎汉携手除腐恶,
搏得南天日月明。

1994 年 11 月 10 日

37. 赠刘志坚主任

共同战斗数十年，
鬓发白时新业弘。
静观野云掩日月，
东风总要压西风。

1994年12月10日

38. 赠郭维城同志

风发浩气话当年,
白发如针锷未残。
朽骨成精怕日照,
红旗漫卷扫苍蝇。

39. 赠魏传统同志

日落于西还转东，
秋花落了春花红。
沧桑变化人间道，
螳臂岂挡水向东。

1994 年 12 月 10 日

40. 赠张爱萍同志

万民挥剑斩魔时,
铁马金戈遍地诗。
戈戟犹新人已老,
松青竹健此身直。

1994年12月10日,2006年4月改

41. 致李孓同志

诗心如火照天烧,
激流风雷震海潮。
敢信荒漠蔓绿草,
人间处处满妖娆。

2003 年 10 月 21 日

42. 题画(二)

水远浸沙岸,
山青染碧原。
桃红护草舍,
竹影入窗帘。
远雁横空际,
清风动柳烟。
桃源不须问,
般若在心田。

43. 赞东湖名茶

绿羽别来已数年，
今年再见更鲜妍，
爽神洗后清心意，
天下名茶应占先。

信步郊原好洗心，
桃红柳绿又一春，
老夫已是忘年客，
喜得新茶壮精神。

花开花落逐逝川，
东湖景色更鲜妍，
金芽带露增香意，
落肚一杯寿百年。

暖风又绿东湖春，
遍地黄芽遍地金，
新茗一杯除腐臭，
眼前云锦画桃源。

浩荡东风草色新
桃花迎客又一春
新茶水暖蕴甘露
满腹空冥人太清。

东湖白毫胜银针，
绿羽远过碧螺春，
世上都说龙井好，
白毫绿羽更上乘。

    2005 年 4 月于东湖

44. 咏宣恩绿茶

宣恩沃壤育灵芽,
三月阳春揉好茶。
鱼眼泡来清见底,
清心品得香如花。
味醇不借惠泉水,
消垢但凭黄金芽。
碗面浮光碧云起,
轻身直欲飞天涯。

1989 年 2 月

45. 祝贺英山茶叶节

春风春雨化春茶,
千里春山育茗芽。
篓篓春芽新炒绿,
馨香飘拂万人家。

1998 年 4 月 16 日

46. 陆羽[①]二题

题茶经

希世茶经代代传,
参军艺苑称先贤。
一生坎坷存坚志,
去去来来自在仙。

题《陆羽研究》

竟陵毓秀茶仙奇,
陆羽参军艺苑迷。
游戏人间麻履碎,
轰轰烈烈一布衣。

---

① 陆羽是茶圣、诗人、书法家,也是戏剧家。唐有参军戏,二人作戏,一人扮演参军,一人扮演苍鹘,苍鹘戏弄参军,陆羽常饰参军。

47. 题五峰水尽司水仙玉茗[①]

金碗饮罢用玉碗,
二泉灵水鱼眼来。
浮光腾处绿葡绽,
香气沁脾九窍开。
洗尽枯肠腐臭气,
招来通体宁静怀。
清风习习生双腋,
渺渺飘飘绕蓬莱。

2001 年 10 月 15 日

---

① 五峰县水尽司产极品绿茶,名玉茗。其茶一泡水后,展开如一朵绿葡,味香而不野,醇厚可口,我叫它绿葡茶。

48. 茶解百毒自古传

茶解百毒自古传,
此方文化我为先。
一从唐宋风流倡,
便有茶风壮大千。
鸿渐著经居圣位,
北苑择优奉新篇。
时兴饮料万千种,
涤欲清心君领衔。

2003 年 5 月 21 日

49. 题金圣叹

潇洒劲直金圣叹,
五十二岁断头人。
儿男远戍辽阳地,
妻子充军地狱门。
天网恢恢人眼在,
万缘种种一家宏。
可怜抔土伶仃墓,
庙塑金身铸此魂。

2005 年 3 月 18 日

颂歌篇

1. 庆祝武汉长江大桥落成

（一）

一桥飞跨两重山，
天堑沟通咫尺间。
铁脚钢身擎广路，
行人稳步越狂澜。
三镇已改旧形势，
建设倍增新气焰。
黄鹤归来应识旧，
孔明灯畔是楚天。

（二）

立身天外倚栏杆，
烟水走离去雾间。
历历晴川林木老，
静静琴台芙蓉妍。
排云电站插天起，

车水马龙逐浪翻。
任是狂风恶作剧,
何须惧怕浪如山。

(三)

千年愿望总相期。
代代传来音信稀。
今见长桥压浪起,
始识劳工圣手奇。
铁臂争成河让路,
万人协力水生矶。
如今万象已除旧,
何畏西风扰通渠。

2. 贺武钢一号高炉建成出铁

(一)

高炉崛起压青山,
五万英雄志不凡。
处处战鼓惊雷响,
人人黑夜当白天。
山头削掉知人壮,
铁水夺来见志坚。
英帝无知讪笑我,
乾坤运转我为先。

(二)

奔流铁水泄长虹,
干劲冲天意气雄。
已见高炉拔地起,
又有产量直线升。
千重困难迎风解,

万种发明捻指生。
时间超越猛跃进,
多快好省路万程

1958年9月26日

3. 战斗吧，埃及的弟兄们

苏伊士运河掀起了愤怒的波浪，
金字塔放出了不屈的光芒，
为了保卫埃及人民的自由独立，
为了保卫埃及人民的历史荣光，
战斗吧！埃及弟兄们！

集合所有的力量，
拿起所有的刀枪，
战斗吧，埃及的英雄儿女，
支持你们把侵略者消灭光。

战斗吧，埃及的弟兄们，
保卫金字塔，
保卫尼罗河，
保卫埃及祖国，
全世界人民支援你们，
战斗吧，埃及弟兄们。

1956年11月8日

4. 学习巨人的榜样

同志们！我送你们上山下乡。
告别时不要凄凄惶惶。
只要拿定一个决心，
学习巨人的榜样。

这巨人高大么？
不，他的躯体中长。
这巨人力强么？
不，他只能举刀弄杖。
这巨人奇才么？
不，他也和常人一样。

他，平凡得使人不加注意，
伟大得使人无法度量。
他，驯服了河海，
使江湖为我生财，
使河海任我徜徉。

他，驯服了山岳，

使山岳长出林莽，
把山岳雕成美景，
命山岳献出宝藏。

他，驯服了大地，
使大地献出粮食，
献出棉花，
献出肉、菜、瓜果，
使大地把人类供养。

他，从上帝手中夺来了钥匙，
解开无数的秘密，
巧夺了天功，
使上帝羞徨。

他，开辟了天地，
解开了智慧的宝藏，
他，却忘记了自己，
就像草木一样。
他走着平凡的步子，
步子踏出了幸福的康庄。
她像一只平淡的影子，
却留下万世不变的光芒。

啊！
是平凡蕴化出伟大，
是柔弱滋养了刚强，
是无形铸成了有功，

是劳动创造了辉煌。

看哪!
田野里长满了庄稼,
巨人就在庄稼身旁;
工厂里机器滚动,
巨人与机器和唱;
矿藏睡在地下不起,
经不住巨人的巴掌;
松柏排坡,
荷花满塘,
玫瑰含笑,
苹果生香,
…………
…………
这就是巨人的血汗,
这就是生命的力量。

任是沉雷巨电,
任是狂风恶浪,
任是酷暑严寒,
任是威逼滔扬,
巨人总是巨人。
稳稳地站在大地之上。

亿万人创造着历史,
亿万人追求着解放,
血汗培育出幸福,

生命写出了史章。
丰碑上铭刻着巨人的荣誉,
荣誉永刻在人民的心房。
为人类解放奉献忠诚的巨人,
永戴着人类感谢的荣光。

同志们,我送你们上山下乡,
告别时不要凄凄惶惶,
只要拿定一个决心,
学习巨人的榜样。

1958 年 2 月 3 日

5. 抢救驳船

记宁绍站搬运工人的故事

风,
卷起了茅草的屋檐,
撕裂了江里的船帆,
江里掀起了白浪,
乌云跑满了长天。
避风港里,
挤满了大船小船。

宁绍站停止了搬运,
工友们聚在一起吸烟。
"怪样的天气,
怪样的天寒,
说不定,
又有船遭难!"
江上闯来了一位青年,
浑身水湿,

大口气喘,
喷泄着语言:
"湖北轮船公司,
第七号驳船,
载着三千多担,
救济朝鲜的白棉,
大风欺搏,
就要翻船,
请大家辛苦一趟,
行个方便,
行个方便。"

大队长抢先站起,
工人们站在队长一边。
拳头树立,
喊声震天,
"抢救驳船,
抢救白棉!"

白浪滔天,
船长开船,
人在船中,
头晕目眩。
口吐流涎,
赶到了青山,
一担接着一担,
抢卸了白棉
三千担,

这才尝到了休息，
倍香甜！

风平浪定，
睁开睡眼，
太阳照满了长天。
宁绍站，
又来了那位青年。
脸上铺满了红云，
腮边布满了笑颜，
双手捧出了轮船公司的感谢信，
宣读得十分庄严：
"大家不怕辛苦，
不怕风寒，
抢救了国家财物，
解救了朝鲜人民困难。
这是工人阶级的本色，
无私奉献的表现！"

1951年2月20日

6. 纪念武汉解放十周年

（一）

大军南下举义旗，
万众欢腾敌垒崩。
江南草烂溃敌踏。
城内人惶余悸惊。
残桥烧断岱山外，
趸船爆破大江中。
解放军来增春气，
从此三镇永向荣。

（二）

人民当家海山惊，
"镇反"挖得余孽清。
"民改"彻除封建底，
"五反"初挫腐败风。
资本主义要改造，

社会主义要振兴。
谁谓劳工无本领,
三江口上起新城。

(三)

龟蛇青翠已满头,
加倍骄艳黄鹤楼。
扬子长流观壮气,
东湖美貌见清幽。
凉风常满大桥夏,
丹桂香飘三镇秋。
云里黄鹤何低徊,
莫把旧地当瀛洲。

7. 庆祝火箭发射成功

五九开年喜气宏，
东风飚起盖西风。
一箭飞起穿霄汉，
亿万群众欢笑隆。
月里嫦娥惊破梦，
人间"艾克"①倍伤情。
已是砍坷绊脚索，
哪堪中华得胜声。

---

① "艾克"：艾森豪威尔简称。

8. 欢迎下乡同志归来

去岁桃花绽,
送君下乡去;
今岁梅花开,
迎君回家来。
去时多忐忑,
归来增欢快。
五谷曾不分,
"八字"①已解开。
昔怜白皮肤,
今喜黑身材。
人谓君进步,
君云未脱胎。
莫说已炼好,
休道换形骸。
从来革命者,
磨砺终不息。

1959年2月9日

---

① "八字",指"八字宪法"。

9. 跃进的巨龙

天上飞起了彩虹,
疾风舞遍了长空,
全世界人人仰望,
全中国人人欢腾,
在我们的大地上,
飞起了跃进的巨龙。

巨龙,
穿透了苍穹,
碎落了群星,
打乱了天宫,
驱诸神退位,
赶上帝退庭。
天地人间世,
人民自经营。

寒光撕裂了碧空,
沉雷响彻了天庭,
巨龙一声吼,

"从今以后,
我是宇宙的主宰,
无所不在,
无所不有,
无所不能。"

1959 年 9 月 28 日

10. 看乌兰诺娃舞蹈

(一)

东风剪翠艳阳天,
万紫千红春满园。
漫漫轻歌飘袖起,
悄悄燕舞自珊珊。
千家羡慕钟王子,
万种情谊绕碧天。
莫道此心真如水,
白鹅可意看不完。

(二)

深情一片重如山,
邪祟妖言岂能迁?
碧水常清心永驻,
巫魔为祟债当还。
玉人引颈悲欲绝,

壮士奋发气爆燃。
不怕风雷天地暗，
春光夺得庆团圆。

1959年10月31日观天鹅湖舞剧

11. 丹江诗抄

丹江谣

荒山恶水洒凄凉,
争命贫儿滚油汤。
面对白涛苦干旱,
常逢好岁遭水伤。
尸陈荒野豺狼乐。
泪洒江流水浪长。
骨肉天生喜聚首,
丹江卖儿却平常。

迷惘曲

禹王治水流芳远,
谁见哪吒锁龙王?
代代祈求风雨顺,

年年掘得土梆梆。①
苔藤无味口中咬，
鱼肉有香眼里尝。
但愿狂涛行好事，
齐吞恶吏并豺狼。

斩江图

人民崛起掌天纲，
唱令石山赶龙王。
十万英雄发力起，
一条恶水带锁亡。
冲霄大坝移山筑，
万丈长缨锁龙王。
昔日凄凉今何在？
雄心壮志塞山岗。

锁龙王

红霞照残雾，
壮士站山岗。
手把高山举，
心存斗志昂。
天罗地网布，
机具火雷张。
万众屏呼吸，

---

① 梆梆，土硬貌。

静看锁龙王。

铁钳猛用力,
紧锁毒龙身。
发怒毒龙起,
万钟石块沉。
飞涛腾玉屑,
狂啸泄衰吟。
荡荡石船退,
昂扬号角升。

疾水吞巨石,
英雄战坝台。①
细石不断飞流水,
泰山装成拦江岩。
才见狂龙奋力舞,
倏忽死灭陈尸骸。

美好前景

人造巨海伴山群,
乐得游鱼戏海冥。
从此丰收岁岁有,
原来造福靠人民。

1959 年 12 月 27 日

---

① 坝台,是堆放锁口石块的地方。

12. 省委一声号令

庆祝汉丹铁路汉口到长江埠一段建成之禧

（一）

省委一声号令，
连夜万马奔腾。
天未明，
汉丹线上，
红旗卷东风。

（二）

天雨湿漏经脚，
掘挖苦难重重。
斗志雄，
齐抒铁臂，
大战拗天公。

（三）

裁路平铺直线，
画坡如锦如屏。
喜气升，
汉长一段①，
首庆大功成。

（四）

好似一场球赛，
又是理想课中。
踏狂程，
一路之上，
盖地凯歌声。

（五）

大步阔步桥上，
万目争看英雄，
都说："能！"
党的儿女，
"果然尽是龙。"

1960 年 3 月 28 日

---

① 汉口到长江埠一段。

13. 他们多么灿烂辉煌

《接班人之歌》代序

大地洒满了明媚的春光,
田野布满了可意的芳香;
在这美满的广阔原野上,
一代青年们奔放成长。

时代给我们掀天动地的力量,
时代给我们丰沛无比的营养。
有一位充满智慧与善良的导师,
循循善诱地启迪青年们,
那就是我们亲爱的毛主席,
和百战百胜的中国共产党。

参与着创造灿烂的史章,
青年们发出了震天的巨响,
祖国的山河披上了新装,
青年们献出青春之宝,

青年特有的力量。

青年们,把青春的力量,
献给共产主义的理想,
使青年百年常青,
永世生光。

反动派常常讪笑洋洋,
伊甸园的蛇常常制造祸殃;
他们构筑了靡烂的圯坑,
埋没了青年的秀气,
毁灭了青年的芳香,
使他们化为害人的莠草,
毒害五谷的榛莽。

要除臭,
要打蛇,
要振起自己的灵光,
护卫身心的善良。
幸福在战胜困难之中,
要幸福,
就要勇敢地把反动余孽埋葬。

荷花为什么美丽清香?
她用污泥脱出了娇艳新装。
桂花为什么洋溢芬芳?
她消化了土里的腐臭,
吸取了丰富的营养。

要用驱山赶日的力量,
剪除资产阶级的肿瘤、魔障。
跨上飞天的巨龙,
跨越无边的障碍,
奔驰在胜利的大道上。

青年们在成长,
他们平凡而纯朴,
他们忠诚而勇敢,
他们怀着远大的理想。
他们奋发向上,
他们脚踏实地,
他们多么灿烂辉煌。

1959 年 4 月 11 日

14. 抢建百里长渠之歌(民歌)

白沙①人民敢欺天,
百里野营战火燃。
赶走旱鬼永不返,
擒来龙王好种田。

白沙人民意志坚,
敢搬河水敢搬山。
搬山修渠夺天水,
百里引来幸福泉。

白沙人民气如虹,
钢锤砸落满天星。
百里山头银河落,
遍地心火共灯明。

白沙人民意气昂,
脚踩云朵斗玉皇。

---

① 白沙县位于海南岛,大山丛中,苦旱,人民乃凿山修渠引水。

铁拳捅漏天河底,
引来清水绕山岗。

白沙人民战山岗,
天作庐舍地作床。
社会主义宏伟业,
辛苦才得幸福长。

1976年7月于白沙县

15. 于兴庆[①]公园庆祝"五一"劳动节

红光丽日耀西安,
人面百花展笑颜。
劳动人迎劳动日,
木兰棹起木兰船。
隆基回马伤神处,
万众欢腾动地天。
心逐少年也踊跃,
沉香亭畔牡丹园。

1977年5月1日

---

① 兴庆宫是唐玄宗李隆基之宫,沉香亭所在。

16. 致湖北老年大学校友诗社

时光飞去海天流，
事业犹须费运筹。
蔓草丛丛豺虎走，
农夫猎手莫嬉游。

1988 年 5 月 4 日

17. 赞关肃霜等九同志义行歌[①]

世上有仁人，
流芳贯古今。
于今新社会，
万民团结亲。
人人都为我，
我也为人人。
春漫无涯地，
亲含亿万民。
劳动为幸福，
协力祛寒贫。
胜利虽云得，
阶级尚残存。

---

① 著名京剧演员关肃霜等九同志的战友于春海同志早年逝世了。住在北京的失去独子的于春海的父母，在二十三年的岁月中，陆续收到了不具名人士寄来的五千多元的赡养费。

这件事是谁做的？是关肃霜等九位同志做的。

这是一件什么事？这样的事，只能出在社会主义社会、受过马列主义毛泽东思想哺育过的非同凡庸的人们的身上；这件事是焕发着共产主义光彩流芳的千古大事；这就是社会主义精神文明瑰宝的光华。

人民望共产,
狗彘想"翻身"。
腐鼠仍发臭,
病狼还咬人。
莫说旧史往,
应味新政新。
经验还很少,
长路有荆榛。
君不见黑云杀气长天舞,
戕刀残魂直入骨;
马列主义染血斑,
个人主义猛如虎;
烈烈英雄多少人,
老来颠蹶绊阿堵。
我今歌唱苦酸辛,
糖弹飞扬穿壁土。
多少新芽正茁发,
应帮窘者御艰苦。
举头红日青天高,
十亿神州有英豪。
革命传人自存续,
污泥浊水总能消。
肃霜九子树高义,
敢献无名舒正气。
廿三年来暖友亲,
风波激荡无灰心。
此心应是黄金铸,
光彩经天照广路。

广路直通幸福园,
阶级消灭除灾雾。
征途漫漫要经心,
双目晶晶行险路。
鬼蜮本性肆凶恶,
太阳照处群魔妒。
横磨十万祛邪煞,
历史长河流不住。
光明动力在何方?
灿烂肃霜育义曲。
思甜忆苦抚鳞伤,
万里东风雨濯芳。
时雨带来甘露水,
滋生万卉烂春光。
春光明媚人人爱,
血沃春光代代香。
无限春风遍地舞,
踏春步履要刚强。
刚强步履如何踱?
九子肃霜义气昂。

1982 年 2 月 20 日

18. 赞掏粪工人张振盘[1]

文赋诗歌亿万卷,
无人写过掏粪篇。
老夫挥笔出新意,
愿赞粪工张振盘。

贤圣常说出显族,
凤凰现在落茅檐。
无名之士标名姓,
名姓铭心万户传。

家本寒微居陋巷,
秕糠养得身材壮。

---

[1] 张振盘是河北省石家庄市西卫生二队的掏粪工人,干这一行已 35 年。他和他的伙伴共 7 人,共辖 166 座厕所,1800 多个茅坑,平均日产粪便 8~10 吨,日产日清,合乎标准。群众称赞他们,把他们选为劳动模范。群众信赖他们,把开门的钥匙交给他们;群众敬爱他们,说他们是一个心眼扑在工作上的人,是用洁白的心血洗刷世界的人。他们身上脏,心上美,活儿脏,志气美。他们身上的美是用汗水、粪水洗出来的,不是用脂粉铅华涂抹出来的;他们身上的美,是用共产主义气质铸造出来的,不是文藻浮词装成的。他们真是出淤泥而不染的莲花。

贫儿哪有升官图？
吃饭全凭掏粪忙。

一从解放乾坤翻，
奴隶变人立地天。
不是粪工发大富，
只因掏粪也光鲜。

旧习如山岂易改，
风生讪笑煞光彩。
振盘眼亮心也亮，
当家作主志如海。

一千八百茅厕坑，
日掏十吨好峻工。
洁洁清清扫濯好，
全心全意为人民。

掏粪肮脏个个晓，
洁心没有难为好。
粪工确是满身脏，
白洁胸襟沾不了。

徒弟青年学过文，
一担粪桶重千斤。
人前不敢抬头走，
坑里不愿把手伸。

青年好比一枝花,
只许栽培不许掐。
要得花红枝叶茂,
总须诱导重启发。

身教带头重言教,
理喻深处要浅晓。
振盘虽是掏粪工,
政治名家难比较。

"如今办事为人民,
处处全心处处勤,
活计虽脏心要美,
美心能辨土和金。

"夜里敲门手要轻,
多敲几户后先听。
先开先进先清扫,
轻手轻掏莫扰惊。

"干得粗活话要细,
文明礼貌常来去。
大娘大伯时时叫,
清洁精心万户嬉,

"口头革命人人能,
大话邪吹不腰痛。
难得实践行不已,

人前人后一般同。

"胜利都从苦斗来,
自身改造莫徘徊。
千八茅厕皆学问,
一桶一勺见情怀。

"一双粪桶担日月,
两眼清明观世界。
臭变香来脏变甜,
浑身力气永不竭。"

英雄说话出真知,
全凭践行好落实。
窄小粪坑勺不入,
张开大手臂伸直。

抓粪抓尿抓垃圾,
清心清眼清厕池。
一人带动七人起,
五讲四美掏粪时。

社会主义有道德,
尽孝尊老要家和。
爱家革命莫割裂,
重在要为共产谋。

老父病疾已险危,

夫妻扶侍未尝亏。
年年月月如一日,
喜看英雄夺战魁。

户户家家都赞美,
旧风旧习常生鬼。
送鱼送礼送人情,
如火如荼如臭水。

徒弟不知礼物脏,
贪心常被邪祟累。
"歪风抵制要刚强,
识得香臭不自馁。"

英雄奋战卅五年,
步步平凡步步艰。
份里份外全不计,
天风天雨岂歇肩。

急人之急心如火,
忘我忘私志比天。
质本洁来承清誉。
无骄无躁粪坑边。

1982年4月19日

19. 赞苏州工人杜芸芸①

自古金钱动鬼神,
资本世界钱为魂。
有钱能使鬼推磨,
失志落魄敢卖身。
颠倒黑白代代有,
为人哭笑常常新。
可怜嬴政权倾国,
寡妇面前让坐频。②
芸芸少女志高昂,
敢与流俗斗战场。
五岁姑家为养女,
十四劳动习刚强。

---

① 杜芸芸把应继承的10万元捐献给国家,引起真人的赞美,惹起俗人的讪笑、诽谤。芸芸说:"金钱买不到理想的对象,买不到真正的幸福。""只有用自己的双手去创造幸福。""为社会主义劳动是最大的幸福。""没有时代理想的幸福,是空虚的。""和为社会主义战斗的人一起生活,最幸福,最充实,最温暖。"英雄的时代,孕育着时代的英雄,其高不可攀,其深不可量。其实芸芸不过是一位平凡的人,其气质则是至大无边的。

② 秦始皇权倾天下,接见以卖丹砂致富的寡妇时,他还彬彬有礼地请她坐。

也下农村勤锻炼,
常持马列苦思量。
人生不是为吃饭,
阶级消灭见天堂。
推倒三山新纪发,
残根毒草待人拔。
青蚨飘荡迷清眼,
残臭无声消骨渣。
好心未必得佳誉,
洁操可以惹讪哗。
且看芸芸发健步,
一重关口一劫杀。
政府发来遗产权,
芸芸耻要不劳钱。
亲朋大骂无良种,
同志赞称馥比仙。
誉毁交加雨烈烈,
鳞甲破碎血斑斑。
宏文指点心明亮,
坐看乱云饮醴泉。①
从来征战长学问,
教得芸芸眼倍明。
爱国爱民爱理想,
长身长智长精神。
吃喝穿戴空虚福,
信仰事业坚实人。

---

① 醴泉在陕西,其水苦冽,可以清心。

愿依修竹放眼看，
栏猪吃睡又何如？
十万巨资政府还，
芸芸心底巨风旋。
新天新地全由党，
此身此日不自天。
知寒问暖情微小，
明义教知道大全。
已见国家穷困日，
敢求小惠忘耕田？
巨资十万献国家，
平地激起巨浪花。
毁誉纷纭妖雾暗，
浊清流乱鱼龙哗。
朗朗乾坤闻驴叫，
真人刚烈惊雷发。
"金钱不买真幸福，
为民战斗最充实。"
中华民族不求天，
社会主义凭力搬。
亿万英雄灿烂史，
四千岁月光辉篇。
舍身求法从容者，
取义成仁不改颜。
珠穆朗玛高屋脊，
怎敌志士脊梁坚。
十万元来十万元，
馋煞鬼丑吐口涎。

英雄本色辉朝日,
瑰宝光焰耀地天。
"往事已随流水去,
明天还跨征骑前"。
岁寒三友江南语①,
黑水白山松是坚。

1982 年 7 月 9 日

---

① 国人常说"岁寒三友",其实竹梅只能在江南岁寒时不枯萎,到了长白山一带,竹梅到冬季是不能生存的,能够在零下四十度不枯萎的,只有松柏。

20. 抗洪歌

一

雷鸣电闪九州骇,
天命蚩尤肆虐来。
浩浩怀山襄陵处,
惊鸿奋起抗洪灾。

二

笑看浊浪滔滔起,
只今圣手搬山来。
擒龙划地息壤堙,
万里铸城铁盾排。

三

移山倒海造新土,
社会主义民做主。

人定胜天大理真,
听天由命已作古。

四

恶蛟气败去颓然,
红旗漫卷彩色鲜。
民族之光耀宇宙,
五洲能不仰桥山。

21. 白衣战士之歌

为歼"非典"赴戎机，
入阵忘身壮志奇。
有念结缘清腐臭，
专心积智解民急。
横眉冷对无烟战，
振臂劲搏凶顽敌。
最喜拔除"二竖"日，
展旗含笑解征衣。

2003 年 5 月 23 日

祭奠篇

1. 毛主席诞辰百年祭

驻足韶山冲,
茅屋在眼中。
一门六烈士,
幸存毛泽东。
人民同呼吸,
烈火铸英雄。
根深泥土厚,
马烈郁葱葱。
忠民养大勇,
求是点明灯。
坎坷千重路,
崎岖万里行。
顺境常虑险,
困厄无悲容。
革地改天事,
脱胎换骨同。
政权容易得,
旧秽最难清。
无影无声处,

毒虫毒菌生。
一朝蚁穴破,
溃堤恶浪腾。
毁国亡身日,
触目最心惊。
常恐红旗落,
时时敲警钟。
身行防腐败,
力戒骄傲情。
守志八十载,
轨物最范风。
身后无长物,
木铎总有声。
斯人已归去,
红霞驻长空。
冬寒君莫叹,
寒尽桃花红。
正道沧桑变,
潮儿踏波行。
无为在歧路,
相与泪纵横。
天下纷纷乱,
报晓有鸡鸣。

2. 缅怀人民的儿子——周总理

（一）

甘为民子最真人，
平淡坚劲显精神。
救国雄心催健步，
遵经马列造乾坤。
心存明道学中外，
志在为民藐文凭。
小组数员崛地起，
满天雷雨绚乾坤。

（二）

寥落干戈举义旗，
斩妖斗鬼廿周星。
红旗插遍赣鄂皖，
黑手劲旋霸王斤。
魔障压头阴霾重，

键儿志壮长征勤。
莫说火海刀山险,
截铁断钢一片心。

（三）

英雄三万赴征程,
万众为山胆气宏。
苦战八年摧日寇,
力求民主却落空。
"美援"助蒋增灾祸,
兴国还须志恢弘。
又是三年征战苦,
三山推倒太阳升。

（四）

兴家建国百事忙,
美帝挑衅鸭绿江。
儿女中华有志气,
援朝抗美保家乡。
上甘岭上耀英烈,
三尺削山灭鬼王。
炸弹投来密似雨,
如虹斗志满山岗。

（五）

周公本是人民子，
勤恳终生为万民。
睿智超群因砺志，
善文善武善思寻。
虚怀若谷非假意，
与人平等真精神。
先天而忧忧天下，
同乐与民共欢欣。

（六）

斯人已自悠然去，
风范长存天地间。
亿万人民心碎裂，
寒风雪雨泪如泉。
白花铺地二十里，
帆拂堆云漫天边。
不尽深情逐圣哲，
青松翠柏柱地天。

3. 清明节怀念周总理

光天化日满晴辉，
白骨精来弄是非。
磊落一生君归去，
戚戚万众泪水垂。

高山巍巍拄天地，
遗范灿烂照四维。
任是虫蚤撼大树，
江山红色自光辉。

群峰肃穆江河啸，
鼠辈惶惶心胆跳。
万朵鲜花万众心，
狼对花朵空嚎叫。

丰碑高耸碎乌云，
冷冷春寒冽冽侵。
万里长街人伫立，
送君何日再见君？

杜鹃啼血是清明,
怎奈思君无限情。
树树青松披缟素,
滔滔心血慰忠魂。

添愁春色人怅惘,
高天望断泪空流。
愁人相对眼含愁,
愿得长剑斩沐猴。

霹雳一声天地开,
铁拳到处"四害"埋。
万家空巷齐欢喜,
欢庆声高乐满怀。

领袖英明举大旗,
继承遗志路不迷。
挺身治国决长策,
再启长征胜可期。

漫卷红旗日月长,
清明如是好春光。
尧舜九亿倍英勇,
绣水绣山织锦忙。

脉脉思君又一年,
九天君看秀江山。

繁荣昌盛现代化,
一日可当二十年。

山笑水笑人更笑,
与君欢快心相照。
江山万里展宏图,
遍地芬芳分外娇。

马列雄文流水长,
惊风搏斗不能忘。
长征路上君长在。
奋展红旗超列强。

1978年4月2日

4. 悼周总理

（一）

英勇奋战五十秋，
从容倜傥最风流。
刀山火海等闲越，
洋魅华魑淡然收。
智慧无边凭马列，
运筹有力显鸿猷。
平生不识八时制，
任怨任劳孺子牛。

（二）

一声霹雳震天来！
泪洒长河动地哀。
处处招魂魂无影，
家家营奠奠有斋。
御车红日照怪丑，

持剑何人斩虎豺?
扁鹊若出换命术,
亿人争上手术台。

(三)

风吹哀乐日迟迟,
遍地悼亡是此时。
八宝山前霜雪冷,
天安门上雾烟织。
人间正道沧桑变,
枯树源头万木滋。
扭碎衣襟心无寄,
乱画白纸不成诗。

1976年1月15日

5. 人民的好儿子[①]

你是人民子,
你持百姓心。
你与民平等,
人民与你亲。
亲民不知老,
病中还恋民。
一声归去矣,
满天缟素云。

[①] 日本友好人士岗崎嘉平太曾说:"总理不是你们一国的总理,是大家的总理。"总理确实是属于世界人民的。他身处世界人民之中,不在世界人民之上,更不在世界人民之外,他是人民的好儿子。

6. 悼小平同志

（一）

哲人其萎悲明夷，
适去适来遵道移。
继志承前知自勉，
勇撑伟业万年期。

（二）

"四人帮"倒西单乱，
理论务虚黑水翻。
高举大旗澄玉宇，
四项原则靖尘寰。

（三）

实践检验为标准，
抓住中心建设兴。

基本路线百岁业，
改革开放谱篇新。

（四）

六中全会评公理，
尊奉马列毛泽东。
反"左"防右守大道，
长风万里畅飞逢。

（五）

祖国统一万众期，
和平共拜桥山巅。
神州岂许搞分裂，
两制归宗认祖宜。

（六）

驱除战争要和平，
发展生存寰宇同。
我不犯人莫犯我，
五项原则放光明。

（七）

轨物范风遗爱长，
日新求进细思量。

最是雄文卷末句,
把党搞好得安康。

7. 悼先念同志挽联

大道教多士,看四海五湖广有桃李,您老去吧。
心音传真义,纵黄泉人世可通美言,我们听着。

8. 悼聂荣臻元帅

夜来电视传悲讯,
动魄惊魂问昊天。
已是连年折厦柱,
哪堪此日摧栋橼。
雾压环球魍魉舞,
战鼓铮铮战阵喧。
军帅无缘执斧钺,
汗青含泪血斑斑。

9. 纪念"二·七"革命烈士

（一）

"离离原上草,
一岁一枯荣。
野火烧不尽,
春风吹又生。"
借来古诗语,
画得战士心。
英勇革命士,
从容抱此真。

（二）

寒冰封大地,
雪冻傲苍松。
魔障洒阴霾,
义旗迎钢锋。
劲骨残斧叉,

浩气发长虹。
血沃神州土,
百艳郁葱葱。

（三）

蕴成霹雳响,
揭起义旗雄。
昔日星星火,
今朝燎原红。
日出冰山倒,
光照魑魅平。
纸糊一老虎,
委地便成空。

（四）

人民庆解放,
建设百般兴。
舍得移山力,
拼出填海声。
理想出天外,
乾坤掌握中。
谁不念先烈,
创业第一功。

1959 年 2 月 16 日

10. 悼王克文同志

天公不吊众芳去,
无奈长流泪水干。
又传噩耗君逝了,
茫然踯躅抚栏杆。

灵台记忆已模糊,
细语犹似昨夜初。
何事魔孽平地起,
无声归去恨边无。

前岁西风卷地来,
列宁故里起祸灾。
红旗落地人悲泪,
双影徘徊霜满阶。

月里桂花万岁香,
逝川东去总茫茫。
人间正道沧桑变,
空色色空只自量。

般若波罗密多空,
天耶地耶总冥冥。
昆仑山上千重雪,
化作水滴育彩虹。

幸得此生逢盛世,
壮心得遂宏图志。
来时磊落去时明,
是是非非君自识。

自识征途责任高,
奋蹄征战未折腰。
人间留得人间爱,
坦荡逍遥壮九霄。

几案群书照眼明,
送君归去意匆匆。
世间万事了未了,
春草年年枯复荣。

人间大路人民开,
不怕鬼域布祸灾。
谨记古今万岁史,
主天主地是谁来?

11. 悼陈再道同志①

百战军前伴死生,
干戈丛里摧敌营。
木兰壮气存七二②,
草地饥寒长雄风。
奉命东征开冀野,
挥师南下奋长缨。
满身弹洞增心窍,
质朴无文胜有文。

1993年4月18日

---

① 再道同志是我的老领导,实是兄辈,往来无间。质朴存情,俱是同志之谊,有家常絮语,无虚与委蛇。文革艰难中,坦诚关切,不知己之困厄缠身;斥邪扶正,从不畏怯;伟绩丰功,毫不骄矜,六十余载,为党为民,奋战不息,不失人民本色,永葆党员青春;文化不高,文质甚深。质朴忠纯,非语言所能描绘者。痛悼之余,悲咽挽歌。

② 黄麻起义之初,兵败木兰山,只剩下七十二战士,卓然挺立,继续战斗。

12. 悼"一·二"灭火八烈士

蹈火英雄青史烜,
万民痛悼泪潸潸。
天心顺处道有正,
众志一心国能安。
惶恐终朝惊走穴,
幸得机遇见圣贤。
天地果然有正气,
疾同劲草腰不弯。

长江流水涌山涛,
风卷烈焰卷地烧。
险难临头谁赴义,
真金此刻火中骄。
此身已许理想大,
谁为纠缠阿堵器。
万丈金光烛碧落,

二虫①哪得识天高。

1989 年元月 29 日

---

① 二虫:《庄子·逍遥游》"蜩与学鸠笑之(鲲鹏)曰:'我决起而飞抢榆枋而止,时则不至,而控于地而已矣,奚以之九万里而南为?'"

13. 悼辛初同志

烽火一生遵道行,
红旗招展东方红。
搬山已献英雄劲,
建业也抒百战功。
来也从容去不迫,
知之自有鉴真明。
斯人殁而不亡者,
浩气蒸蒸驻太空。

14. 吊屈原

屈子高风何处寻？
哲人庐圮草森森。
龙船竞渡魂应在，
万众衔哀忆念深。
椒胥包成遗爱意，
江流回转悼亡魂。
年年五月吊贞洁，
问天问地问上神。

15. 悼邵云环、许杏虎、朱颖三烈士

（一）

冰轮长夜照忠魂，
壮气冲霄震万民。
谁为踏血寻正义，
中华儿女自纯贞。

（二）

忠民儿女有良心，
炮火之中甘舍身。
为扫人间魔鬼迹，
甘掬热血净天津。

（三）

爱家爱子爱亲人，
大义当头爱万民。

碎骨粉身何所惧，
笑迎烈火铸乾坤。

（四）

乘风远去寿而康，
万里长空日月光。
杨柳春风增国力，
荷戈持戟斗魔王。

（五）

送君归去展红旗，
泪水迷离意转凄。
白骨精成方炽烈，
小窗重足日迟迟。

16. 为先念同志扫墓

幽明分两界,
心息总相通。
抱恨君归去,
观猴我自明。
黄泉多鬼事,
人世有贤能。
莫问何时曙,
且听战鼓声。

2003年4月1日

17. 怀念康立本同志①

临别一握手，
倏忽四春秋。
相见杯茶清如许，
不尽情意总悠悠。

2003年2月17日

---

① 1999年旧年节,开文艺界联欢会,康立本同志的女儿扶着他的病残之身到会上看我,赠我一双千层底圆口布鞋。我劝他好好养病,不可再动。握手而别,不十日,他辞世走了。一个相声界的好人走了。

18. 毛主席逝世 25 周年祭

马列大师悄悄逝,
风云漫卷廿五年。
东方大地焕光彩,
西域失魂晦赤焰。
人鬼交织混沌气,
善恶搅扰乾坤间。
霸权主义勤喧邪,
主世人民砺志坚。
任尔西风摧古木,
岂有尧舜弃真传。
多脚章鱼伸百脚,
遍天金剪除弊端。
飞机导弹肆威武,
铁掌钢心敌胆寒。
试看两番侵略战,
蹒跚踯躅雷池边。
马恩天神柏林立,
日夫科夫弃城还。
大款吃人不吐骨,

寒士偎栏忆旧天。
往日公情衣食暖,
于今欲得面包难。
过街冠盖皆冷眼,
入室妻儿病缺钱。
巨变催人悟史迹,
苦斗斩鬼写新篇。
惊雷震撼无声野,
四海翻腾总复还。
卓识精明知宝鉴,
老马识途靠司南。
璇玑北斗应扶稳,
后续子孙有罗盘。
天若有情天亦老,
洗睛望远迎新篇。

跋:大道有常,万象多变,多变写作有形而幻,大道运作无形而实,迷于象者不得识真。马克思主义者知大道之无形而支配万象,不逐物而迷,善物物索本,斯所谓实事求是。马克思主义教导我们所应追求的真功夫在此。纪念毛泽东同志及其伟大思想,我们应下的真功夫,也在于此。所谓"彻悟反本,惑理者逐物"之古训,其意也在此。四季常变,荣枯常变,唯物辩证法之运作永不变,守常与应变,固本与创新,止步与前进,都是矛盾的统一,割裂而作,不可得真理。纪念毛主席逝世二十五周年,我们应苦练实事求是的功夫。

19.悼潘振武同志挽联

枪林弹雨,出生入死,追求真理,正直应比泰山重。
沥血呕心,忘我惠民,奋建中华,邪臭不沾铁骨奇。

后　记

　　父亲李尔重于2009年12月26日病逝后,在整理他的遗留文稿和藏书过程中,见到了父亲留下的《存照集》和《自选诗集》两部书的文稿。父亲已经撰写好了《前言》,编好了书的《目录》。通过阅读这两部书的文稿,可以见到书稿是于2005年初开始编撰,2008年又进行了进一步的修订、整理。我们非常感谢武汉出版社彭小华社长、邹德清副总编以及为《存照集》、《自选诗集》两部书出版给予了帮助、支持及付出了努力的所有人士、朋友。我们高兴能在父亲百年诞辰纪念日之前,见到此两本书的出版。

李为民、李亲民